僕の文芸部に
ビッチがいるなんて
ありえない。
3
JN243308

「耕介……あたしで童貞、卒業させてあげよっか？」

僕が絶対に手を出さないと分かって、
からかっているようだった。
なぜかテンションが高い様子の九重さんは、
片手でスカートを軽く摘みあげ、
魅力的なお尻をふりふりと
愛らしく左右に振ってみせる。

No!!

「今からこれで
あなたの心音を聞くの。
そうすれば、育野耕介が
私といる時に
どういう状態なのかが
分かるはずでしょ？」
「ふん、そういうことか。
別に隠すことは何もないし、
聞いてみればいいだろ」

――やっべえええええどうしよう！
完全に僕がこいつのこと
好きだってバレちゃうじゃないか！

高虎
たかとら
「育野くん、私のスパイク
受け切れるかしら？」
東雲伊吹
しののめいぶき

『ほーら行くぞこーすけー
とっつりゃああああああっ!!』
『あ、ごめん。ちょっと日差しが
目に入っちゃった……はい、育野っ』
愛沢愛羽
あいざわまなは

CONTENTS

僕の文芸部にビッチがいるなんてありえない。3

赤福大和

講談社ラノベ文庫

口絵・本文イラスト／朝倉はやて
デザイン／ＡＦＴＥＲＧＬＯＷ
編集／庄司智

「二人同時に好きになるなんてありえない！　あ、あたしのこと本当に好きなわけ？」

「そうね。どちらか選んでもらわなければ困るわ。さあ、答えを聞かせてちょうだい」

「うっ……」

　文化祭が終わった翌日からテスト休みに入り、その間は全ての部活動が休止となった。そのため、僕がこうして放課後を部室で過ごすのは約二週間ぶりとなる。

　そして今、僕は二人の女の子に詰問されていた。

「あたしのこと、好きになってくれたのは嬉(うれ)しいわよ。でも、女の子二人に告白しちゃうなんて、不純だよ……。あんたのことは別に嫌いじゃないから、本当に付き合いたいなら、その……ちゃんとあたしにだけ……す、好きって言って」

　学年でも人気な金髪巨乳ギャルの子が頬を染める。

　その一方で——

「ふふ、ダメよ。この私に一度告白したのだから、私に好きと言い直しなさい。そうすれば、主従契約が成立したとみなして、二人っきりの時に踏んだり、暇な時に踏んだり、特別にそうね……ベッドの上で踏んだりしてあげてもいいわ」

　踏むの好きだなこいつ！

　僕は思わず、黒髪ロングの子に突っ込んでしまう。

金髪の子も愛沢に似てるけど、この黒髪の子も東雲にそっくりだな……。

僕が今、携帯ゲーム機で小音でプレイしてるのは、先日発売されたばかりの『二人に恋しよっ』という金髪ギャルと黒髪委員長を攻略するギャルゲーだ。

何でこのギャルゲーを買ったかだけど、実は僕自身もよく分かってない。

まあでも、一つだけ理由を挙げるとすれば……そうだな。

僕は向かいのソファに座る二人へと視線を移す。

「あ、ちょっと見て伊吹！　この黒ワンピ、激カワじゃない⁉」

「あら、生地は安物っぽいけれど、確かにデザインは凝ってて悪くないわね」

読書中だった東雲が、雑誌を興味深げに覗き込む。

「やっぱそう思う？　……うわぁ～♪　ねえ伊吹、あたしなんかでもさ、こういうお嬢様っぽいお洋服って似合うかなぁ？」

「愛沢さんが？　ぷ、っ……悪いけれどそれはないわ」

「あ、今笑ったぁ！　な、何で笑うのよ伊吹！　もう……意地悪ぅ……」

冗談っぽく怒る愛沢が軽く頰を膨らませるので、東雲が優しく宥める。

「ごめんなさい。でも愛沢さんは金髪で派手でしょ？　だから、こういうのは綺麗な黒髪を持つ私にこそふさわしいと思うの」

「伊吹、自分で綺麗な黒髪とか言ってるし……」

「だって本当のことだもの。仕方ないわ」

東雲が涼しげに黒髪を払う。すると愛沢がくすくす笑う。

「ぷっ、あははは っ。伊吹ってさ、そういうとこあるわよね。なんかあたし、最近になって伊吹のこと分かってきたかも」

「それは私も一緒よ、愛沢さん。最初はあなたと接するのが苦手だったけれど、最近になってようやく慣れてきたわ」

「そっか！　じゃあ、今からもっと仲良くなれそうよね♪」

愛沢が身を乗り出して笑顔を向けるせいで、東雲の頬がじわっと赤く染まる。

「っ…………や、やっぱり……まだ少し苦手かしら」

「あは、伊吹照れてる〜！　可愛すぎるからぎゅってしちゃう♡」

「ぎゅって……ちょ、ちょっと……愛沢さんっ」

周囲にお嬢様として扱われる東雲は、人にベタベタされることに慣れていないようだ。

愛沢に無邪気に抱きつかれ、珍しく困惑した表情を浮かべている。

――ドクンッ――ドクンッ――。

くっ、やっぱりそうなのか……。

文化祭の日、僕は東雲と愛沢に抱く自分の気持ちに気づいた。

その感情は部活がなかった間も衰えず、おかげで僕はテスト勉強に集中できなかった。

恐らくだから僕は、二人に似たヒロインが出てくるこのゲームを買い、日増しに膨らんでいく感情を抑えようとしたのかもしれない。

けど、全く効果はなかったみたいだな。

現に今、二人を前にして以前よりもドキドキしてるわけだし。

……くそ、こんなのありえないっ。

僕はビッチも美少女も大嫌いなはずなのに。

とはいえ、東雲(しののめ)は男を顎で扱(こ)き使うビッチながら何かと僕を気遣ってくれる良いやつだ。それに愛沢(あいざわ)は見た目が軽そうに見えるだけで、実はすごく親孝行な良い子である。

もしかして僕、二人のそんなギャップにやられちゃったのかな……。

特定の異性を見つめることで熱くなる心。この情動が何か、僕は知っている。

——やっぱり僕、東雲と愛沢のこと、同時に好きになっちゃったみたいだ。

ど、どうしよう。

二人のことが気になるせいで、ゲームにさえ集中できない……。

亀乃(かめの)先輩の一件が解決して、ようやく部室でオタ充できるってのに。今度は自分のせいで二次元を堪能できないなんて……。

とか思いながらも、しっかり二人を目で追っている辺り、マジで僕、重症だな。

「――こほん。それより愛沢さん、その雑誌、ちょっと見せてくれるかしら？」

「伊吹、興味あるんだ。いいよっ」

愛沢がハグを止めてようやく余裕を取り戻した東雲が、雑誌を受け取り目を通す。

「……これが十代の女の子が読むファッション雑誌なのね。なかなか興味深いわ。洋服のデザインだけで言うなら、私の通いつけのお店とも肩を並べられるレベルよ」

東雲は誌面を見ながら何度も神妙に頷いている。

「伊吹、お嬢様だからこういうの読むの初めてなんだ。えっとね、この系統の雑誌はお洋服のことだけじゃなくて、好きな男の子に対する立ち回り方とか、そういったレクチャーも書いてあったりするの。ほら、例えばこのページ見てっ」

愛沢が開いたページを東雲が読み上げる。

「『なかなか思うようにならない意中の彼がいるなら、この夏、海に誘って大胆な水着でアピールしよう』…………へぇ、これは面白そうな記事ね」

な、何で僕の方を見て言うんだよ。しかも妖しく笑ってるし。

焦った僕がゲームの液晶に視線を落とすと、東雲はわざと声を大きくして続ける。

「『気になる彼に水着姿を見せることで、いつもは伝わらない女の魅力をアピールでき、上手く行けばその日のうちに自分のものにすることができるかも』――」

彼女はそこまで読んで面を上げる。

「ふふ、うふふふふ。とても参考になる良い記事だわ」

とても寒気を覚える良い笑顔だなおい！

「でしょっ！　流行のお洋服のことだけじゃなくて、恋愛系のアドバイスとか、他にも女の子として役立つ知識が色々載ってたりするから、勉強にもなるのよねっ」

愛沢、東雲の言葉を額面通りに受け取ってるな。

僕をペットにする上で参考になるって意味なのに。本当に素直過ぎるよ愛沢……。

なんか将来、悪徳商法とかに捉まってそうだから、守ってあげたくなっちゃうな。

やがて東雲は、愛沢へと思惑を孕んだ微笑を向ける。

「愛沢さん、そう言えばあなたって、文芸部には恋愛経験値を上げるために在籍しているのよね？」

「え？　うん、そうだけど……伊吹、それがどうかした？」

愛沢はギャル友の中で浮くのが嫌で、恋愛経験豊富だと嘘をついた過去がある。その嘘を真実に変える手伝いを僕がする代わりに、文芸部に所属してもらっている。そういう後ろ暗い事情があるからか、愛沢の表情は優れない。

しかし、そんな愛沢とは対照的に、東雲は活き活きした顔で言う。

「愛沢さん、それなら今週の週末に育野くんと海に行くのはどうかしら。擬似彼氏とはいえ、異性と海に行けば恋愛経験値も上がると思うのだけれど」

「えっ……育野と海に⁉」

過剰に驚いて大きな瞳を見開く愛沢が、僕を一瞥した後、両手を顔の前で振る。

「む、むりむりっ！　育野と海なんて絶対むりだってば！」

ぐふっ！　そこまで拒絶されると傷つくんですけど⁉

僕は今、愛沢のことを…………す、好きなわけだしさ……。

でも愛沢は多分、僕を嫌ってそう言ったわけじゃない。理由は恐らく――

「だって、男の子に水着姿を見せるってことでしょ？」

「もちろん、そうなるでしょうね」

「うぅ～～……」

愛沢は俯いて耳先まで赤くし、スカートをぎゅっと握り締める。

「そんなの無理。だ、だって水着って、露出も激しいし……え、えっちじゃん。いくら育野が擬似彼氏でも、本当には付き合ってないわけだし……だめだよそんなの」

蚊の鳴くような声で呟き、僕を意識して顔を逸らす。

愛沢ってすごく純粋で初だから、好きでもない異性に肌を見せるのはNGなのか。デートで手を繋ぐのも、好きな人ができた時のためにに取っておきたいって言うほどだし。

まあでも、手は前のデートの時になぜか僕と繋いでくれたんだけど。

「でも愛沢さん、悪い話ではないと思うの。黒姫亜海さん、亀乃先輩の件と続いて、なかなか部としての時間が取れなかったけれど、期末テストも終わってようやく文芸部は自由な時間を手に入れたわ。夏休みまであと一週間で特にやることもないのだし、ちょうどいいと思わない？　嘘を少しでも真実に近づけるためにどうかしら」

ははは。

もっともなこと言ってるけど、要は僕を海に連れて行きたいだけですよね？

自分の魅力をアピールしまくって、僕をペットとして懐柔するつもりだ。

……てか待てよ、東雲と愛沢と海ってことは、当然二人の水着姿を見れるわけで——

こうして傍にいるだけでも胸が苦しいってのに、二人の露出した胸元や見事なくびれを目にした場合、僕はどうなっちゃうっていうんだ……？

ドクン、ドクン、ドクンッ——

その場面を想像し、さらに鼓動が速まる。

しかし、そんな僕にはお構いなしに、愛沢が固く結んでいた唇を開く。

「……確かに、伊吹の言う通りよね。あたし、男の子と海って緊張するけど、でも相手が育野なら大丈夫かも。それに、伊吹も一緒に来てくれるんでしょ？」

「ええ、もちろんよ。生徒の相談に応えるのが今の文芸部の役割なのだから、部員の私が行かないなんてありえないわ」

愛沢、本当は無理してるんだろうな。けど友人に対して誠実でありたいと願う愛沢は、『嘘を少しでも真実に近づけるため』という言葉に心を動かされたに違いない。

「そっか。良かった」

今や親友と呼べる仲になりつつある東雲、その同行を確認した愛沢が微笑む。そして、こちらへと体を向けると、内股気味にそわそわしながら、

「あ、あのね育野……聞いてたとは思うんだけど。週末にあたしと、その……」

肌を見られるイベントに誘うのは抵抗があるのか、愛沢の白磁の頬が紅色に染まる。

けど彼女は負けず嫌いで潔い性格。

次の瞬間、勢いよく頭を下げていた。

「——海水浴デート、してくださいっ!!」

ビッチ秘技、おねだり上目遣い——ではなく。

人に何かを頼みこむ際、ベターと言える礼節を弁(わきま)えたポーズ。

美少女という生き物はプライドが高く、異性は自分の頼み事を断らないと知っているため、ここまで相手に礼を尽くさない。けれど愛沢は違う。

入部時の条件で、僕が愛沢のお願いを聞くのは当たり前なのに、それでも相手を敬うことを忘れない。

これだけ性格が良くて可愛いんだ。僕が惚(ほ)れないわけがない。

愛沢(あいざわ)という女の子の長所を目(ま)の当たりにし、胸がいっそう熱くなる僕は決心する。

二人と海に行けば理性を保てるか分からなくて不安だけど、好きな子のためだ。

ここはクールにカッコよく、一言でオッケーするぞ！

「でででデートの件だけど、ぼぼぼ僕が一緒に！」

——く、くそ……！

やっぱり話しかけられると余計にあがっちゃうな。

基本的に愛沢や東雲(しののめ)とは教室ではそんなに話さないから、今日まで僕の異変を悟られずに済んでいる。けどこんな調子だと二人にばれるのも時間の問題だ。

「育野(いくの)、もしかしてあたしと海に行くの……イヤ？」

断られると思っているのか、愛沢が不安げに僕をちらちらと見つめる。

「あ……ご、ごめん！　別にそういうわけじゃないんだ！」

僕は深呼吸して何とか平静を保ちながら、

「海だよね？　僕は愛沢に入部してもらう代わりに、擬似彼氏としてお願いを聞く約束をしてるわけだから、もちろんオッケーだよ！」

「育野くんがそう言うなら決まりね。今からとっても楽しみだわ」

そっか、東雲も来るんだったな……。

いつも黒タイツに守られ、直に見ることが叶(かな)わない彼女の細長い美脚。それを直視できると考えると思わず喉が鳴る。

するとと僕の視線に気づいた東雲が澄ました様子で、

「いやだわ。童貞臭い視線が脚に絡みついてる気がするわね」

視線を振り払うように、ゆっくりと脚を組みかえる。その顔はなぜか嬉しそうだ。

「どーてー？　伊吹、どーてーって何のこと？」

きょとんと首を傾げた無垢な天使が、微笑を浮かべて瞳をぱちくりさせる。

「あ、愛沢は知らなくていいから！」

「へ、なんで？」

「とと、とにかく知らなくていいことだから！　東雲、お前も言っちゃだめだぞ」

意味を知れば、絶対赤くなって活動停止状態になるに決まってる。僕は聖女のように穢れを知らない愛沢を守るためにも、全力で止める。

「うふふ。育野くんがそこまで言うなら、やめておこうかしら」

「……なんかよくわかんないけど、まあいっか。あ、それより育野。急なお願いなのにオッケーしてくれてありがとね！」

「ううん、別に気にしなくていいって――それより、もうこんな時間か」

僕は苦笑した後、部室の時計を確認して外を見る。

陽が沈み行く中、蜩が鳴いており、日中から続く熱気が緩和されていくようだ。

「今日はもうちょっとで部活も終わりだし、海水浴デートの詳細は明日話し合う感じでいいよね？」

「ええ、問題ないわ」

「うん、あたしも——ていうか……水着はやっぱり恥ずかしいけど、よく考えてみれば、海でデートってなんか楽しそうかも」

愛沢は東雲から返してもらった雑誌を抱きしめ、恋する乙女のように一人はにかむ。

さっぱりしていて男気質なところがある愛沢だけど、中身はやっぱり女の子だな。

でも二人と海水浴か………うぅ、今から緊張する。

けど僕も、愛沢が言うように楽しみなのは間違いない。

学年二大アイドルとの、僕が好きな二人との海水浴。楽しみに決まっている。

目下のところ問題なのは、二人を前にするとドキドキして、そっちにしか目がいかなくなることだ。今でも普通に振る舞うのが精一杯なのに、ビーチで二人の水着姿なんて見れば、ガン見して好きだとばれ、気まずい関係になりかねない。

それに何より、今の状態が続けば部室で趣味を堪能できないからまずい。

うーん、どうすればいいんだ、この状況……。

いっそどっちかに告白しちゃえば、収まるんだろうか？

いやでも、二人が良い子だとは知っていてもやっぱり美少女。僕が過去に出会ってきた美少女は全員がビッチだったせいもあり、踏みこむ勇気が湧かない。

……とりあえず現状維持が無難なのかな。

僕はそう思い、再びゲーム機へと視線を戻してボタンを押す——すると。

「『どっちかちゃんと選んで!!』」

「うっっ⁉」

金髪の子と黒髪の子が、怒った顔で僕を睨(にら)んでいた。

ゲームの方でも面倒な展開になってるなんて。セルンの陰謀かよ……。

………や、やっぱり、どっちか選ばなきゃダメなのか？

告白するかどうかは別として、好きになるのは一人に絞った方がいい気はする。

だって曖昧というか、中途半端なのは良くない。

中学の時、僕は清楚(せいそ)系ビッチに本命彼氏と上手く交際を送るための実験台にされた。あの時は「育野(いくの)くんのこと気になってるの。もっと知りたい」と告白同然のことを言われ、曖昧な態度を取られ続けて搾取された挙句、僕は用済みになって捨てられた。

そういう経験があるため、尚更そう思ってしまう。

愛沢愛羽(まなは)か、東雲伊吹(いぶき)か。

僕はこの海水浴デートを終える頃には、どっちかを選んでるんだろうか？

ゲーム機のボタンを押すと、選択肢が三つ出てくる。

金髪の子か、黒髪の子か——というものと、どちらも選ばないという選択肢。

心が決まっていない僕は、もちろんどれを選ぶこともできない。

時計を見ると、もう部活も終わりの時間だった。

僕はセーブする。

東雲(しののめ)が、僕の様子を探るように見つめていることも知らずに。

1　噂の不良少女の依頼は危険な臭いしかしない。

翌朝の教室。

ラノベなどでよくある展開が、僕の身に起こっていた。

「て、天姉(てんねえ)……これは？」

「驚いただろ？　私がこーすけのために作った弁当だぞっ！」

八重歯を見せて笑う天姉が机上に展開しているのは、小さな弁当箱。

僕はその中身を見て、ぎこちない笑みと冷や汗を浮かべる。

「へ、へぇ……あの天姉が料理を。こりゃすごいや……」

弁当箱の半分にはご飯が敷き詰められ梅干しがちょこんと載っている。だがもう半分には青色をした何かや、ぐちゃっとした正体不明の固形物が入っている。

「なははっ、やっぱり驚いてるなこーすけ！　まあ無理もないけどな。昔の私は男っぽかったから、料理なんて女らしいことはしないってイメージがあるだろうし……」

机を挟んで正面に立ち、後ろ手を組んで自虐的に笑う小さな幼馴染(おさななじみ)。

そして天姉は、指と指を絡ませながら、そわそわして頬を染め、

「こーすけに何かしてあげたくて、早起きして作ったんだ。だからその、良ければ今……

感想もらえると嬉しぃ……っ」

そっか。そういや天姉は僕のこと……好きなんだよね。

愛沢や東雲のことを好きな今だから分かるけど、好きな人ができると心の中がもやもやして、熱い気持ちとどう向き合っていいか分からなくなる。

天姉はその中で答えを見つけて動いた。その結果がこの弁当ってわけだ。

「……じゃあ、せっかくだから一口いただこうかな」

部活で疲れてるだろうに、朝の貴重な睡眠時間を割いてまでして、僕のために頑張ってくれたんだ。いくら見た目が悪いからって食べないわけにはいかない。

僕は勇気を出して、青色をした何かを箸で掬いあげる。

「あれ、天姉……？」

正面にいた天姉が、いつの間にかいなくなっていた。

机の下を確認すると、軽く耳を塞いで丸くなった彼女を発見する。

「はは。えっと、何やってるのかな？」

「うぅ……こーすけにまずいって言われたら、ショックで死んじゃう。だからこうしてる」

「大丈夫だって。天姉が一生懸命作ったんだから、美味しくないわけないじゃないか。ちょっと待ってて。すぐ感想教えるから」

ごくり……。

箸で掬いあげたものと対峙して生唾を飲み込む。

そうは言ったけど、これって本当に食べても大丈夫なのかな？

麺なのは分かるけど色が不気味過ぎる。ラノベやギャルゲーだと、こういう見た目がやばそうなものを食べた主人公は、問答無用でぶっ倒れると相場が決まってる。

「……い、いただきます――っ！」

意を決した僕は、それを勢いよく口の中へと運んだ。

そして、味覚を襲う凄まじい衝撃に身構えるのだが――

「う、美味い！」

それは意外にも美味だった。

思わず感想が口を衝き、口内に広がる味で頰が緩む。

「ほ、本当かこーす――」

ごつん!!

机がひとりでに揺れる。

その下には頭を痛そうに抱える天姉がいたのだが、すぐに起き上がる。

「本当かこーすけ!?　それ、美味いのか!?」

「うん、嘘じゃないよ。ていうかこれ、スパゲッティーだったんだね」

無邪気に喜ぶ天姉に僕は笑顔を返す。

そして、もう一度勇気を出して他のおかずにも箸を伸ばす。

妹のシャルテほどとはいかない。けれど、どれも普通に美味しくて胃袋が踊る。

「すごいや天姉（てんねえ）っ。見た目は個性的だけど、これだけ美味しいものが作れるなら、将来良いお嫁さんになれるんじゃないかな」

「お、お嫁さん⁉　そ、そうか……じゃあ、こーすけ的にはお嫁さんラインは合格ってことなんだな……」

嬉（うれ）しそうな天姉は、口元に手を添えてもじもじしながら、白い頬っぺを朱に染める。

僕に褒められただけでこんなに幸せそうな顔するなんて、可愛いな天姉。

猫耳のような髪の房が嬉しげにぴくぴくしてる気がするので、撫（な）でたくなって手を伸ばそうとする。だがそこへ、僕の心を乱す存在が現れたことで動きが止まる。

「あら、おはよう育野（いくの）くん。それに高虎（たかとら）さん」

黒髪をなびかせ、後ろに男女数人を侍（はべ）らせて登場した東雲（しののめ）。

彼女は振り返って言う。

「とても助かったわ。またお願いね」

ファンたちに、東雲はご褒美とも言える慈愛の籠った微笑を向ける。

彼等はそれだけでデレデレした顔になり、教卓に大量のプリントやノート類を置くと、謙遜しながら去っていく。

「くっ、東雲伊吹……自分の美貌を利用して級友を従えるなんてとんでもない女だぞ。こーすけを同じように利用したら、絶対許さないからな！」

「あら、朝からご挨拶ね——それより、そのお弁当は何かしら？」

東雲の質問を受け、天姉が自慢げに胸を張る。

「それは私がこーすけのために作った手作り弁当だぞ。ちなみに、お嫁さんになっても問題ないレベルって褒めてもらったばっかりなんだ。すごいだろ！」

「ちょ、ちょっと天姉。あまり大きな声でそういうこと言わないでってば。周囲に注目されちゃうだろ……」

僕は小学校の頃、目立っていたが故に岡田という美少女に目をつけられ、シャルテのことが引き金となって全員から無視されるようになった。なので目立つことが嫌いでそう言う。

「ふふ、お嫁さんに。それは良かったわね、高虎さん」

「ふん、羨ましいだろ。東雲伊吹、どうせお前はこーすけを狙って文芸部に入ったんだろうけど、既に私とこーすけはかなり親密な関係なんだぞ。もう諦めるんだなっ」

ぺたんこの胸を張る天姉は自信満々に語る。

東雲は目を伏せた余裕ある表情でそれを聞き流し、僕へと笑顔を向けた。

「それはそうと育野くん、週末に海に行く話だけれど、どうしましょうか？」

「なっっっ⁉　う、うう、海だと――っ⁉」

驚く天姉が僕と東雲の顔を交互に見つめる。

僕は東雲のファンに聞かれていたらまずいと思って周囲を見渡す。けれど、クラスの皆は何やらざわついていて、こちらを見向きもしない。

「ええ、海よ。残念ながら私は高虎さんほど育野くんと親密ではないけれど、休日の海辺で薄い布切れを纏った体を、恋人のように見せあうくらいには仲が良いの。うふふ」

東雲、完全に天姉を挑発してるよ……。髪をかきあげて勝ち誇った顔をしている。

でも、今ではそんな顔にもドキッとしてしまうな。

自らの美貌で同級生を惑わせて扱き使う、清楚系ビッチって分かってるのに。

多分、超人的な完璧お嬢様だけど、実は人並みに涙脆かったり、ゴキブリが弱点だったりと女の子らしいところがあるって知ったから、僕は惚れちゃったに違いない。

「こーすけ……な、なんで東雲伊吹と、海なんかに――」

「おっはー！」

そこで、天姉の声を遮るようにして愛沢が教室へと入ってくる。

今日も男を誘惑するビッチと思われても仕方ないほど胸元が開いており、歩く度にふっくらした双丘が上下に浮き沈みを繰り返す。

愛沢はギャル友たちに挨拶を終えると、僕たちの元へと駆け寄る。

……愛沢が近くに来ると、すごく甘くて良い匂いがするな。

二人が揃ったせいで僕は胸が苦しくなっていく。

あれ、でもおかしくないか？

さっきもそうだったけど、東雲か愛沢が登校すれば、いつも皆は注目するはず。でも今日は皆、何か話題のネタでもあるのか話に夢中だ。

「高虎さん来てたんだ、おはよ！　それより二人とも、週末の海の話なんだけどさ」

「なっっ⁉　もしかして愛沢愛羽も一緒に行くのかっ⁉」

「へ、そうだけど……。あ！　もしかして高虎さんも行きたいの⁉」

「え……い、いや、別に私は……」

もじもじする天姉が、僕をちらちら見つめる。

そんな中、僕はふと昔のことを思い出す。

「……そういえば小さい頃、天姉と一緒に海に行ったことがあったっけ。でも天姉って、運動神経はすごく良いけど泳ぐのだけは苦手で、確かあの時――」

「うわーっ！　言うな！　わざわざ言わなくていいんだぞっ！」

恥ずかしいのか、天姉はぎゅっと目を瞑って僕の頭をぽかぽか叩いて抗議する。

東雲はそんな天姉をじっと見つめた後、穏やかな顔でこう提案した。

「高虎さん、もし良ければ週末一緒に海に行かないかしら？」

「え……私が行っても、いいのか？」

「ええ。そっちの方が、愛沢さんも女友達と休日を過ごす感覚でリラックスできるでしょうし、私は別に構わないわ」

愛沢もその意見に賛成のようで、顔をキラキラと輝かせる。

「伊吹、あたしも賛成！　女の子多い方が、色々と意識しなくて済みそうだし。高虎さんさえ良ければだけど、一緒に行かない？」

なるほど、東雲も考えたな。

愛沢は僕に水着を見られるのを恥ずかしがっていたし、ビーチには彼女の苦手な男性も多くいるに違いない。緊張を和らげるためにも、女友達を連れていくのは妙案だ。

「天姉、文芸部の活動の一環みたいなものなんだ。部活が忙しいのは分かってるんだけど、もし可能なら頼めないかな？」

八月には三年生最後の大会があると聞いている。

だから望み薄なのを理解して頼む。すると——

「…………いいぞ」

「え、本当に？」

「うん……部活は呪い事件のことがあったから、倉島先輩や亀乃先輩が融通を利かせてくれると思う。私は練習量が多いから週に最低二日は休めって言われてるほどだし……」

「そっか。じゃあ引き受けてくれるんだねっ」

僕の喜びの声に天姉は頷き、恥ずかしげにそっぽを向いて、

「け、けど、私は別に愛沢愛羽のために行くんじゃないぞ。…………こーすけの力になりたいから行くんだ」

そう言われると、さすがに照れるな……。

「あ、ありがとう天姉。本当にすごく助かるよ」

「やった！　じゃあ高虎さん、詳細が決まったら育野から連絡してもらうわねっ」

「うん……分かったぞ。よろしくなこーすけ」

天姉が来てくれれば、愛沢の海水浴デートも良いものになるに違いない。

けど僕は何より、幼馴染の天姉と小さい頃のように海に行けることが嬉しかった。

「それより気になっていたのだけれど、教室の中が妙に騒がしいと思わない？」

眉をひそめる東雲が、急にそんなことを言う。

「東雲、実は僕もさっきから気になってたんだ。何かあったのかな？」

訊ねると、もじもじ状態がようやく解けた天姉が明るい顔で教えてくれる。

「あ、それはきっと、うちのＤ組で問題児って呼ばれてるやつが久々に来てるからだぞ。期末テストも先生の計らいで、自分の家で受けてたくらいの学校嫌いなのに、急に登校して来たからＤ組でも騒ぎになってたんだ」

「高虎(たかとら)さん、もしかしてD組の問題児って……九重(ここのえ)さんのこと？」

「うん、そうだぞっ」

「愛沢(あいざわ)、知ってるの？」

「あはは、まあ軽くだけどね。その……不良少女って呼ばれてて有名だから」

「あら、私も九重さんのことについてなら把握しているわ」

東雲(しののめ)はこの若さで宇呂丹(うろたん)高校の理事長代理を務めている。

　責任感も強くて真面目な完璧お嬢様なので、生徒のことは隅々まで把握しているに違いない。

「九重紫月(しづき)さん。一年D組。出席番号二十八番。中間テストの成績は学年十位。帰宅部。服装の乱れあり。五月の中旬からなぜか不登校に。お姉さんが二年生に在学中だけれど、彼女も同時期から不登校になり、以来一度も登校してはいない——私が知っている情報はこんなところかしら」

　どれだけ把握してるんだよマジで。

　家族構成とかまで知ってるんじゃないの……？

「い、伊吹(いぶき)、そこまで知ってるなんてすごいわね」

「こーすけ、こいつ私たちのことまで把握してるんじゃないのか……？」

　ほら、二人だってちょっと引いてるじゃないか。

「あたしも九重さんのことは色々知ってるけど、把握してるのは悪い噂っていうか……」

「え、愛沢……悪い噂ってどういう――」

そこで、隣のD組の様子を廊下側の窓から監視していた男子が――

「お、おい、廊下に出てきたぞっ！」

声を潜めながらもはっきりとそう言い、クラスの皆が窓側へと駆け寄る。

C組前の廊下にもいつの間にか生徒が集まっており、D組の方を見て騒いでいる。

東雲はそれを見て、二人の前だから抑えつつも、冷たい一言を漏らす。

「野次馬なんて、感心しないわね。何か理由があって学校を休んでいたんでしょうに、せっかく当人が頑張って登校した初日から、その勇気を脅かす真似をするだなんて」

「うん、伊吹の言うことも分かるんだけど、野次馬になってる皆にもそれなりの理由があるっていうか――」

ぎこちなく笑う愛沢。しかしその笑顔は、次の瞬間には引き攣る。

「――誰が童貞だこらぁぁぁあああああああっ!!」

D組の廊下の方から誰かの怒声が上がる。

静寂の後、周囲がざわざわと騒ぎ始める。

「……育野、今のって」

「分からない……と、とにかく行ってみようか？」

叫び声と共に聞こえた音がもう一つあり、僕等は教室の入り口へと駆け寄る。

D組前の廊下には、中庭に面した窓ガラスが割れて破片が散乱していた。

その中心に立っているのは怒りの形相をした背の高いイケメン。

そして、彼の前に堂々と佇むのは、胸まであるふわりとした綺麗な赤髪をくるくる指先に巻きつけ、きつい視線で相手を睨みつけるギャル風の女子だった。

「育野くん、あの子がさっき話していた九重紫月さんよ」

「こーすけ。あの男子は、私と同じクラスでサッカー部に所属するやつだ」

「サッカー部の大川君よね。イケメンだから女子に人気らしいけど、あたしは苦手かな」

愛沢は男性恐怖症だからな。

容姿が優れていても興味ないのか。良かった。

九重さんは足元の硝子を一瞥した後、大川へと嘲笑を浴びせる。

「なに？　童貞って言われてキレるってことは、マジでそうなわけ？」

怖そうなオーラを発しているけど、何となく優しい人だと思える声だった。

大川は周囲に集まった同級生を眺め、バツの悪そうな顔をして肘を撫でるだけだ。

「ま、別にどうだっていいんだけど——あんたそれよりさー、もうあたしのこと諦める気になった？　ねちねちしつこい男ってあたし嫌いなのよねーマジで」

「……あの大川って男子、九重さんをしつこく口説いてたのか」

「育野、大川君って相当な女たらしで有名なの。なんかね、入学してから十人くらいの女の子と……そ、そういうこと、してるらしいわよ」

じゅ、十人と……!?

くっ、これだからイケメンって生き物は。

大川よ、いつか修羅場を迎えて誠くん状態にならないようにな……。

彼は九重さんの言葉を受けて意外にも爽やかに笑っていた。

「分かった。もういいよ。諦めるから」

「何よ、けっこう素直じゃん。でもその笑み、きもいんだけどー」

髪先をくるくる弄(いじ)りながら、九重さんは挑発的に笑う。

「怒らないでよ。でもショックだったな——……九重ってほら、ネットの学校掲示板で色々書かれてるから、友達いないだろうと思って声を掛けてやったのに」

大川の爽やかな笑みが失せ、日焼けした顔に下卑(げび)た微笑が浮かび上がる。

九重さんは怯(ひる)んだ気がしたが取り繕って言う。

「ふ、ふーん。例えば？　あたし、別にそういうの気にしないから言ってみなよ」

「くく、じゃあ言うけど——お前って中学の頃、大勢のヤンキー男とつるんでたらしいじゃん。しかも、そいつらとヤリまくって『童貞狩りの紫月』って呼ばれてたんだろ？　あと、今でも頼みこんでくる男がいれば、喜んでヤラせてくれる男好きなビッチらしいな」

ギャラリーたちは九重さんを訝るように見つめて何やら話しだす。

「男好きとかマジきもっ」「ヤリマンは大川くんと話すなっての」「友達できないわけだ」

「………」

九重さんは黙って俯いているが、大川はさらに続ける。

「他にも書いてあったな。中学の男経由でハマったやばい薬を買うために、学校休んで街中でイケメンを引っかけては、一発ヤラせる代わりに金を稼いでるって」

ちょっと、ここまで言うのはさすがに……。

本当かどうかも分からないんだし。

気がつくと、愛沢や東雲、天姉までもが険しい顔で今にも飛び出さん勢いだった。

はぁ……やれやれ、僕って結構良い知り合いに恵まれてるな。

けどここで出ていけば、その子は九重さんの代わりに一斉攻撃されるに違いない。

……怖いけど、僕が行くしかないか。

目立つのは怖いから脚が震える……。

でも愛沢を助けた全校集会に比べれば、こんなのだいぶマシだった。

「ねえ……ちょっとそのくらいでさ」

…………。

………………………。

声が小さすぎて、隣の愛沢にさえ聞こえていなかった。

くっ……や、やるぞ。僕はこれでも男なんだ！

「もも、もうそのくらいで――」

「あっはははは！」

今度は九重さんの笑い声に掻き消された。貝になりたい。

急に笑うので大川と野次馬たちは驚くが、九重さんは遊女のように妖艶な笑みを浮かべ、

「だったら、どうなわけ?」

「なっ………お、お前、じゃあ掲示板の噂を認めるのかよ⁉」

「しつこいわねー。だからそうだって言ってんでしょ」

周囲はどよめき、大川も半信半疑だった情報が確定して間抜けな顔をしている。

……つ、つまり、九重さんは真性の色欲ビッチってことでいいのか？

彼女は間違いなく美少女だ。

ツリ目だけど瞳は大きくて吸いこまれるようだし、綺麗な顔の作りをしていて、胸はセーターをおわん型に膨らませるほど大きくてスタイル抜群だ。

おまけにルーズソックスを穿いており、ギャルである愛沢に近い格好で確かにビッチっぽい。でも今は愛沢というイレギュラーを知っているため、素直にそうだとは思えない。

驚きから我に返った大川が、九重さんを嘲笑うように捲し立てる。

「じゃ、じゃあお前、二年にいる姉と薬にハマって、援交で稼ぐために同時期に不登校になったって噂も本当なんだな！　あと、一ヵ月前から宇呂丹市で頻発してる自販機の小銭泥棒も、お前と姉の仕業だろ⁉」

九重さんが『姉』という単語にピクリと反応した気がした。けれど。

「はぁ？　バカじゃん。小銭なんて泥棒しても意味ないっしょ。てか、あんたと話してるせいで気分悪くなってきたから、今日はもう帰るから。本当は学校に用があったんだけど、放課後に出直せばいいだけだし――」

九重さんは背中を向けるが、ふいに大川を振り返り、

「じゃーね、童貞くん」

最後に憂さを晴らす一言を告げる。

――が、それがいけなかった。

「ててめぇ、女だからって手出さないと思ったらぁ――大間違いだぞおらぁぁあっ!!」

大川はあろうことか、九重さんの後頭部目掛けて、右ストレートを繰り出していた。

誰もが息を呑む。

しかし、僕は見た。九重さんが笑って振り返るところを――

「ふん――――ッ!!」

ルーズソックスに包まれた綺麗な脚が、大川の股間にめり込んでいた。

一瞬で白目を剝いた大川がその場に倒れ、ぴくぴく痙攣し始める。

い、いい――――いってええええええええええええええ!!

気づけば周囲の男子たちは、全員大事なところを押さえたり、頭を抱えたりしていた。

「あっはは。ざまぁー」

九重さんはぺろっと舌を出すと、呆気に取られる周囲を置いて鞄を取ってくる。そして野次馬たちの顔を見て何か思いついたのか、大川の元にしゃがんで髪先を弄る。

「あんたさー、そんなにあたしとヤリたいんなら、諭吉一万人、耳揃えて持ってきなよ。そしたら大人しく、言いなりになってあげるからさ」

一億円か。つまり九重さんは、大川のような男は絶対にお断りと言いたいらしい。

けど野次馬たちはその言葉を真に受け、余計に面食らっていた。

「ほら、あんたたちいつまで見てんのよ。そろそろ予鈴鳴るんだから、さっさと教室入りなさいよねー」

野次馬たちの鼻を明かせてご満悦な様子の九重さん。

彼女は固まる生徒たちの真ん中を悠々と歩いて立ち去ろうとする。

そして、僕の前を甘い香水の香りを漂わせて通り過ぎる間際――

「――んっ♡」

あれ……今僕、九重さんにウインクされなかったか？

も、もしかして、僕がさっき助けに入ろうとしたこと気づいてたのかな？

お礼っぽい感じがしたから、その可能性は高い気がする。

多分、九重さんしか分かってないだろうけど。

彼女が去り、ようやく皆の時間が動きだしていた。

大川はファンの女の子たちに抱えられ、保健室へと運ばれるところだ。

そんな中、Ｄ組の廊下前の人ごみを掻き分け、顔を出した一人の女子がいた。

「うわっ！　ちょっと何よこの硝子⁉」

「あ、千秋だ！」

明るい顔の天姉が、長身黒髪ロングの眼鏡女子をそう呼ぶ。

「天虎、何があったの？　てか片付けるから手伝って。はーい、ほら散った散った～！」

リーダーっぷりを発揮するその子が手を叩き、人ごみが四散し始める。

「こーすけ、私はあいつの手伝いするからもう行くな！」

「高虎さん、結構散らかってるし、あたしも手伝うわ」

思いやりのある愛沢がそう言い、天姉と一緒に駆けて行く。

愛沢は父親のことがあるせいか、今の一件が暴力で解決されて釈然としない感じだ。

僕がきちんと仲裁していれば、愛沢に嫌な思いをさせずに済んだのかも……。

一人落ち込んでしまう僕だが、褒めてくれる子が一人だけいた。

「育野くん、よく頑張ったわね」

「え？　……もしかして東雲、僕が止めに入ろうとしたこと、気づいてたの？」

「当然でしょ。あなたのこと、ずっと見ているのだから」

うっ……東雲って、本当に僕のこと誰よりも見てくれてるんだな。

そして助言をくれたり、こうして褒めてもくれる。

二人の子を好きなんてダメなのに。やっぱり僕、東雲のことも……。

動悸が激しくなって言葉を継げないでいると、彼女は僕を気遣ったのか冗談っぽく、

「ちなみに、初めて富士山を見た小学生のように、九重さんのおっぱいを無邪気に見つめていたことまで把握済みよ」

そこまで把握してるのかよ⁉

てかやばい、これお仕置きされる流れだ……。

「まあ、いつもなら主人になる者として厳しく接するところだけれど、今回は大目にみてあげる。……久々に家畜のかっこいいところが見られて気分がいいから」

「え、今なんて？」

「何でもないわ」

ご機嫌な様子で、くるっと背を向けられる。

やがて東雲は振り返ると、唇に指先を当て、妖しく笑ってこんなことを口にする。

「それより育野耕介、一つ忠告よ」

「忠告って……何だよ急に？」

「九重さん。あなたはさっき助けていたけれど、実は私も、彼女のとある悪い噂をよく耳にするの。九重さんにまつわる噂は数あれど、これは誰しもが知っている共通のものよ。その内容故に彼女には誰も近づかない――」

友達が少なくて僕は知らないっぽいんですけど？

「その噂って……？」

怖い話でも聞いてるような重い空気。

東雲は僕と同じように真剣な表情で、

「いい？　これはあくまで噂よ。男女問わず友達を騙して不良少年たちの所へ連れていくらしいわ。そして女子は複数人に乱暴され、彼女は報酬をもらう。男子の場合はリンチにされ、屈辱的な写真を撮られてずっとお金をたかられる。だから、一応気をつけなさい」

それがもし本当の話なら、完全に犯罪行為だ……。

でも何となく、九重さんがそんなことするようには思えないんだよな。

ふいに見せる弱さ、それを隠すために不良を演じてる気がするというか。

「まあ、一応気をつけるよ。ありがとう東雲、気遣ってくれて」

「あなた、さっき九重さんに気に入られたようだったから心配になったの。それに、あんなえっちで可愛い子に誘われたら、どこへでもホイホイついて行きそうだもの。今後、向こうから接触してくる可能性もゼロではないから警戒しておきなさい」

そんな会話をした後、僕と東雲(しののめ)は愛沢(あいざわ)たちの手伝いへと向かった。

そして、その日の放課後、東雲の悪い予感は的中することになる。

「へぇー、驚いた。あんたがここの部長だったんだー」

放課後の部室で、僕はなんと、九重(ここのえ)さんと向かい合ってソファに座っていた。

週末の海水浴デートの件を愛沢と東雲と話しあっていたところ、急に予想外な人物が訪れたため、僕たちは少し驚きを隠せないでいる。

彼女は半目で僕を愉しげに見つめ、髪の毛先を弄りつつ、組んだ脚を揺らす。

「でも意外、すごく大人しそうなのに、そんなに可愛い子二人を侍らせてるなんて。まさか、草食系に見えて肉食系なわけ？」

「は、はは……二人は部員で、別にそういうのじゃないから」

「ふ～ん。……そう言えば、今朝あたしを助けようとしてくれたことも、ちょー意外だったわけだけど。あんた、オタクっぽいのに度胸あるのね。名前、何て言うの？」

やっぱり僕が助けようとしたこと気づいてたのか。

「えっと、育野耕介だよ。で、こっちが東雲伊吹で、彼女が愛沢愛羽」

「二人のことは知ってるわ。入学当初から可愛いって有名だったしねー」

彼女は「それより」と言って僕を見つめ、

「育野、耕介っていうんだぁ……」

……やばい。獲物を品定めするような、どことなくえっちな目で見られて緊張する。

「じゃあ、耕介って呼ぶわ。いいっしょ？」

「べ、別にいいけど……」

ビッチじゃない気はするけど、いきなり下の名前で呼ばれると少し疑っちゃうな。

「ねえ育野、それより依頼の話……」「そうね、進めてちょうだい」

愛沢がこっそり耳打ちし、東雲も涼しげに僕へと舵を託す。

「そうだった……。九重さん、依頼があるってことだったよね。まずはどういう内容のものか知りたいから、話してもらえるかな？」

「…………」

途端、九重さんは笑顔を消し、僕を推し量るような真剣な眼差しで見つめる。

子供が知らないおじさんの正体を分析するような、純粋無垢で力のある瞳だ。

こんな綺麗な目ができるのか。

やっぱり九重さんって、ビッチなんかじゃ——

「えーでも、あんた童貞っぽいし、依頼が務まるかどうかビミョ～」

どうせ僕は童貞ですよ！　何か文句でも⁉

とはいえ、蔑まれるのは東雲のおかげで慣れているので何とも思わない。

「へ、へぇ……童貞の僕には難しい感じなんだ。で、どういった依頼なの？」

「海の家を手伝ってもらうだけだけど？」

童貞でもできるじゃないかよおおおおおおお！

全国の童貞の皆さんに今すぐ無駄に貶したことを謝罪しろ！

はぁ——。

でも何で、急に人が怒ってもおかしくないことを言ったんだ？

あ、もしかして、僕のことを試してるのかな？

「ふーん……あんた、怒らないんだ？　男って大抵、女にバカにされると怒るもんなんだけどー。今朝の大川って男がいい例ね」

「ま、まあ、僕はそういうの慣れてるからね。はははは……」

隣の東雲が「うふふ」と笑う。

絶対自分の調教のおかげだと思いましたよね？

「……そっか。……こういう男も、いるんだ」

九重さんは視線を下げて一人頷くと、再び色っぽい笑みを浮かべる。

「じゃあ、文芸部にお願いしよっかなー。あんたたちさ、今週末の土曜と日曜、泊まりで海の家手伝ってくんない？」

「泊まりで海の家を？」

「そっ。あたしんち、姪浜で民宿やってるから、食事も部屋もこっちで用意できる。もちろん無料。あと、交通費とバイト代は払うし、自由時間もある——どう？」

大人びたお姉さんのような口調で九重さんは淡々と語り、片目を閉じて問う。

海に行けて、バイト代ももらえて、食事も宿泊費もタダ。

おまけに愛沢の恋愛経験値アップに費やす自由時間もある。

断る理由がなかった。

「そういう依頼なら、喜んで僕たち文芸部が——」

「待って育野っ」

そこで、愛沢が僕の袖を引いて言葉を遮る。

「え、どうしたの愛沢。ちょうどいいよね？　どこのビーチに行くかも決まってないし」

「それは、そうだけど……」

愛沢は九重さんの方を気にしつつ、くりくりの大きな瞳で僕を不安げに見上げてくる。

あ、もしかして。

九重さんの例の噂の件が気になるのかな？

友達を騙して悪い人のとこに連れて行って、女子は乱暴されて、男子はお金をたかられるだっけ。この噂は東雲曰く誰でも知ってるらしいから、愛沢も把握してるんだろうな。

愛沢は良い子なので、噂で人を決めつけたりはしない。でも男性恐怖症な愛沢にとってこの噂は怖くて当然だし、相手を警戒してしまうのも無理もない。

良い依頼だとは思うけど、確かにちょっと怖いな……。

すると、緊迫した空気を和らげるような笑みを湛え、東雲が小さな声で、

「二人とも、この依頼は受けましょう。どうせ海に行くのだし、それに好条件だもの」

「え、伊吹……でもさぁ」

「大丈夫よ愛沢さん。何かあった時のために、ちゃんと対抗措置は取るから」

見る者を安心させる自信に満ちた表情。

しばらくの後、僕と愛沢は頷いていた。

「伊吹がそう言うなら、なんか安心かも」

愛沢、すごく安堵した笑顔を浮かべてる。

東雲のこと、心の底から信じてるのか。

「確かに安心だね。あと……その対抗措置とやらが完璧じゃなかったとしても、いざとなれば僕もいるし……二人のこと、部長として絶対守るよ」

「育野（いくの）が？　……そっか」

俯（うつむ）き、感慨深げに微笑を零（こぼ）す愛沢。東雲も澄まし顔ながら微笑んでいる。

「九重さん、文芸部としてその依頼、引き受けさせてもらうよ」

「え」

爽やかに意思を告げると、彼女は予想外だったのかぽかんとし、やがて慌てた様子で顔を逸らす。少し頬っぺたが赤い気がする。

「……う、噂、知ってるんでしょ。気にならないわけ？」

いつもは皆に警戒されるだろうから、信頼されて嬉（うれ）しかったのかな？

「えっと、気にならないわけじゃないけど。でも、九重さんっていい人そうだし、そこまでは心配してないかな」

「っ――！」

九重さんが、驚いたように目を見開いて僕を見つめていた。

化けの皮が剝がれたように、あどけなくて可愛らしい表情を浮かべている。

こんな子供のような顔、男とヤリまくりの色欲ビッチができるわけない。

気づけば九重さんは、じわっと頬を染めて妖しく笑い、僕に熱い視線を送っていた。

「ふーん。ちょっと勇気があるだけの無害なオタクって思ってたけど、それだけじゃないみたいねー。なんかあたし、耕介（こうすけ）のこと気に入っちゃったかも――そぉだ」

彼女は何事か考え込んだ後、ふいに立ちあがり、僕へとお尻を突き出して振り返る。

「耕介……あたしで童貞、卒業させてあげよっか？」

僕が絶対に手を出さないと分かって、からかっているようだった。

なぜかテンションが高い様子の九重さんは、片手でスカートを軽く摘みあげ、魅力的なお尻をふりふりと愛らしく左右に振ってみせる。

「こ、ここここ、九重さん⁉　な、なな、ななななな、何を言って——」

「うふふふふふ。少し落ち着きなさい育野くん」

ぎゅぎゅううう〜〜〜〜〜‼

「痛い痛い痛い‼　東雲、ちぎれる！　耳がちぎれるってば……‼」

しばらく痛めつけられた後、東雲は離してくれる。

愛沢もここまでされれば意味が分かるようで、顔を赤らめて僕の腕を引っ張る。

「い、育野だめ！　えっちなことしないでっ……て、あれ、何であたしそんなこと」

自分の行動に疑問を抱いて首を傾げる愛沢だが、僕の腕は離さないでいる。

でも二人のおかげで、僕は何とか正気を取り戻す。

「……こ、九重さん、そういう悪ふざけはいいから」

「あっは。耕介、マジに受け取ってんだもん」

彼女は満足げにソファに座り直し、脚を組むと鞄からスマホを取り出した。

自分でやっておきながら恥ずかしかったのかな？

九重さんは平静を装っていながらも、頬の赤みが抜けきらないでいる。

「それよりさー、耕介の携帯教えてよ。ほら、バイトの詳細が決まったら連絡しないといけないっしょ？」

「あ、それは確かに」

僕は文芸部を代表して、九重さんと連絡先を交換する。

その間、愛沢が彼女へと訊ねた。

「九重さん、何で文芸部に相談しようと思ったの？　確か九重さんって、ずっと学校休んでたから、文芸部が相談所を始めたことも知らなかったはずよね？」

「あー、そのこと……」

登録の確認を行いつつ、彼女はわずかに表情を曇らせ、

「……学校裏サイトってあるじゃん？　あれで文芸部が相談所始めたこと書いてあったわけ。書き込みでは、どんな相談でも解決してくれるって評判だった。それで興味湧いて来た感じ」

へぇ……。そんなの僕の悪口とか書かれてそうで怖いから見たことないけど、文芸部の名前が挙がってるのか。その影響で今後も忙しくならないといいけどな。

僕がそう思う中、愛沢がすごく気まずそうな顔で、

「え、てことは……そういうのも全部……見てるってこと？」

ん？　そういうのって何だ？

「………………」

液晶をタップして登録を終えた様子の九重（ここのえ）さんが急に俯（うつむ）き、表情が窺（うかが）えなくなる。

僕は心配になって声を掛けようと思ったが――、

「あっはははは。まあねー。あたし、自分の悪口いっぱい書かれてるの見たって、別に何とも思ったりしないし、余裕よ、余裕」

指先にくるくると髪を巻きつけ、平気な様子で笑い飛ばす九重さん。

それを見た東雲（しののめ）が真剣な顔で口を挟む。

「嘘（うそ）は良くないわ。世の中というのは意外性の塊（かたまり）。あなたのようにサバサバしている人間に限って繊細だったりするものよ。だから本当は、陰口やあらぬ噂（うわさ）が立つせいで傷つき、泣いてたりするんじゃないかしら？」

「なっ……!?」

瞬間、彼女の白くなりかけていた頬が、かぁーっと真っ赤に染め直された。

「な、な、なわけないでしょ！　泣いたりなんか、してないわよー！」

「それにしてはムキになるのね。ちなみに今の文芸部は、生徒の様々な悩みに応えるのが仕事よ。あなたが苦しいのなら、吐き出してもらって一向に構わないわ」

東雲の言う通り、違うにしてはムキになり過ぎだ。
それに今朝、大川に噂の件に触れられた時も、軽く動揺していた気がする。
……九重さんって実は、けっこう繊細で傷つきやすい女の子なんじゃないか？
「あ、あーもー。なんか調子狂うじゃない」
赤面したまま顔を逸らす彼女は、鞄を持って立ち上がる。
「用も済んだし、もう帰るわ。耕介、詳細はまた連絡するからっ」
ツンケンしながらそう言い、九重さんは去っていく。
その背中を見つめ、僕はふと思う。
あれ？　でも何でバイトを僕たち文芸部に頼むんだろ。
少なからず中学時代の友人もいるだろうし、普通はそっちに頼むんじゃないかな。
僕の脳裏に一瞬だけ、彼女の一番悪い噂が過ぎった。

部活を終えて帰宅した僕は、晩ご飯を食べてお風呂に入っていた。
当然ながら、妹のシャルテと一緒にである。
「珍しいですね。兄さんが私の背中を流してくれるなんて」

「ま、まあね……」

そして現在、僕はある話をするため、妹のご機嫌取りも兼ねて背中を流している。

シャルテが通う宝刀(ほうとう)中学は夏になると水泳の授業があるため、小さな背中にはスク水の日焼け痕が薄っすら確認でき、純白部分の肌が余計に白く見えて眩(まぶ)しかった。

「……でも、嬉(うれ)しいです。最近は私の体が成長したせいか、兄さんがこうしてくれる機会もなくなりましたから」

抑揚のない声。鏡は湯煙で曇っているため顔は確認できないが、恐らくいつも通り無表情なのだろう。あとスポンジで背中を上下に擦(こす)る度に、成長した二つの膨らみがゆさゆさと静かに揺れているのが分かる。

「確かに久々だね。シャルテはもう大人だから仕方ないことだけど」

「それはつまり、兄さんが私の体を女と認めているということですね？」

「えっと、否定はしないかな」

「では兄さん、抱いてください」

「ん？　聞き間違いかな？」

「大好きな兄さんに、後ろからいっぱい可愛がって欲しいと言いました」

「言ってないよねそんなことっっ‼」

本当によく出来た可愛い妹なんだけど、こういうところは相変わらずだ。

家族愛と恋愛感情の区別がついてないだけなんだろうけど……。

「シャルテ、それより動かないで。ちゃんと擦れないから」

「……すみません。つい嬉しくてはしゃいでしまいました」

ちょこんと座ったまま大人しくなるシャルテ。

声の調子が全く変わらない妹だけど、もしシャルテが犬なら、尻尾を元気に振っているに違いない。それくらいに機嫌が良いことが僕には分かる。

「兄さん、今日はとても良い日です。おかげでベッドに入った瞬間、すぐに眠れると思います。でも、それでは兄さんが若い体を持て余してしまいますよね？　なのでもし兄さんさえ良ければ、今ここで抜いてあげましょうか？」

「僕が中三の妹に、毎晩ナニの面倒みさせてるような言い方はやめろっ!!」

マジでやってないからね？

「兄さんに頼まれれば、いつでもやってあげますよ？　私はずっと兄さんだけのものですから」

「いや、頼むことはないから安心してよ……」

シャルテは僕と血が繋（つな）がってないけど、何よりも大事な家族なんだ。

兄と妹の関係を違（たが）えることなんて、僕は何があっても絶対にしない。

「……本当に兄さんは、私を本物の家族として見てくれているんですね」

今のはどっちだろう。喜んでいる気もしたし、残念がっている気もしたな。

「――ところで、何かお願いがあるんじゃないですか？」

「うっ…………やっぱり、シャルテには分かっちゃう？」

「はい。兄さんのことなら、大体のことは分かりますから」

「そっか……。…………その、さ……今週の土日なんだけど――」

僕は早速、詳細を話す。

前回、僕は呪い事件の関係で、急遽一泊二日で亀乃旅館へと赴いた。

おかげでシャルテの傍にずっといるという約束を破ってしまい、僕は帰宅した日、もう二度と約束を反故にするようなことはしないと誓った。けれど今回、また泊まりになるので家を空けなければならない。

なので――

「これは僕の勝手な都合だ。でも、シャルテとの約束は絶対に守りたい。だから、僕と文芸部の部員と一緒に、海水浴に行かない？」

「……部員というのは、先日の女の方ですか？」

亀乃旅館に行く日、リムジンから顔を出した東雲のことをシャルテは見ていたっけ。

「うん、あの黒髪の子も一緒だよ。どうかな？」

亀乃旅館から僕が帰ってきた日、抱きついてきた妹の体は震えていた。戦争で家族を亡くしているだけに、一人になることがどうしようもなく怖かったのだ。

だからシャルテは行くに違いない。そう思ったんだけど――

「行きません」

思いがけない一言に、僕は狼狽した。

「え……な、何でっ？　シャルテ、一人になっちゃうんだよっ？」

「はい。でも大丈夫です。私のことは気にせず、行って来てください」

背を向けて語るシャルテからは、拗ねたり、怒ったりといった感情は感じられない。

「本気で言ってるの？　でも、僕はこないだシャルテと約束したばかりで――」

「兄さん、いいんです。私は今まで、兄さんに我慢ばかりさせてきました。なので今度から、兄さんが用事がある時くらいは頑張ってみようと思うんです」

「シャルテ……」

「それに、あの黒髪の人は美人で、とても包容力がありそうな大人っぽい方でした。兄さんの我がままを全て受け入れるんじゃないかと思うほどに……」

ははは、東雲はむしろ命令する側ですけど？

「あんな素敵な人が傍にいれば、お姉さん好きな兄さんはきっと。だから私は――」

「え、何て言ったのシャルテ？」

彼女はしばらく黙った後、

「とにかく、私は兄さんがやりたいことを何でも許してあげられます。それに留守番だってちゃんと一人でできます。もう大人なんです」

感情のない静かなものでありながら、どこか子供っぽい声が浴室内に反響する。

「……本当に、一人でも大丈夫なの？」

シャルテは最後に、水濡（みずぬ）れの銀髪を揺らし、こくんと頷（うなず）いた。

今まで甘えん坊だった妹が一人立ちしようと頑張ってるんだよな。じゃあ、僕は兄としてそれを手伝ってあげるべきだ。でも、ちょっと無理してる感じはあるから、日曜はできるだけ早く帰宅してあげないと可哀想だ。

「そっか。じゃあ、お言葉に甘えようかな」

「はい。……でも正直、頑張れるかちょっと不安です」

やっぱり……。

「だから、私を元気づけるためにも、もっとサービスしてください」

「うわっ、ちょっとシャルテ⁉」

シャルテが急に振り返るので僕は自分の目を両手で覆う。

やがて、つんつんと二の腕をつつかれるので目を開く。

シャルテの見事に発育した双丘が、石鹸（せっけん）の泡という名のベールで包まれていた。

恐らく、僕が床に投げ出したスポンジから泡を絞り出したのだろう。

シャルテは両手を使い、胸を下から抱えるようにして、

「兄さん、揉（も）んでください」

「いや、揉んでくださいって。い、妹のおっぱいを揉めるわけないだろっ」

「……頑張れない気がしてきました」

うっ……そうくるか。もうここは仕方ない気がするな。

「分かった、分かりましたよ。揉めば元気が出るんだね？」

「はい」

水滴を色白の華奢（きゃしゃ）な体から滴らせ、泡で大事なところを隠す銀髪美少女。触れれば消えてしまうんじゃないかと思うほどに神秘的な彼女は、じぃっと静かな瞳で僕を見つめる。

僕は鼓動が速まる中、わずかに躊躇（ちゅうちょ）した後に両手を伸ばす。

――ぷにん。

「あん♡」

「こ、こら、変な声を出すなってば。我慢できないならやめるからね？」

「分かりました。兄さんがそう言うなら我慢します」

健気（けなげ）にこくりと頷くシャルテ。

なんか、穢（けが）れなき存在を汚してるようで心が痛いな。

僕は赤面しつつ、小柄な体型に不釣り合いな膨らみを揉みしだき始める。

「ん、ぁ……」

唇を結んでいるのに時折漏れる声。

緊縮と弛緩を繰り返す真っ白な頬っぺ。

シャルテも緊張しているようで、気を紛らわすようにこんな話をし始める。

「それより、兄さん。一ヵ月前から宇呂丹市を騒がせている、自販機荒らしを知っていますか？」

「え？　あ、ああ……そう言えば、期末明けに先生がそんな話してたっけ」

何でも夜な夜な街中の自販機を損壊させ、金銭を盗んでいるらしい。

今朝、大川もその話をしてたな。その犯人は九重姉妹だとか何とかって……。

「ところでシャルテ、それがどうかしたの？」

「少し前の話ですが、宝刀中学の生徒が塾帰りにそれらしき人物と遭遇したようで、刃物を持って追い掛けられたそうです。兄さんも部活で帰りが遅いので、気をつけてください」

「刃物って、物騒だな……」

僕は絶賛発育中のマシュマロおっぱいを十指で揉みほぐしながら、状況にそぐわないシリアスな台詞を漏らす。

「犯人は警察の巡回強化で三週間前から出没してないらしいですが、んっ……念のため」

「そっか。ありがとうシャルテ。一応気をつけるよ」

「は、はい……ぁ、っ…………それより、兄さん…………………ふぁっっ」

瞬間、シャルテがわずかに唇を開き、全身をびくんと震わせた。

そして、急に僕の両手を摑(つか)んで動きを止めさせる。

「もう、大丈夫です。兄さんにいっぱいサービスされて、これで頑張れそうです」

「そ、そっか。少しでもシャルテの力になれたようで良かったよ」

「ありがとうございます、兄さん…………ッ…………っ」

シャルテはまだ胸に指の感触が残っているのか、全身をわずかに、びくん、びくんと可愛らしげに跳ねさせる。彼女は力が抜けて支えが必要なようで、一時僕の体につかまって恥ずかしげに頬を染めていた。

2 東雲がナースコスプレする現実は夢に違いない。

「育野(いくの)、持とうか？」

翌日、水曜日の放課後。

帰りのホームルームを終えた僕は、最後の授業で使った世界史の教材を返しに行くため、地球儀や地図などが入った重たい段ボールを持っていた。

「い、いや……大丈夫だよ愛沢(あいざわ)。ありがとう」

「そぉ？　でもあんた、すごく重たそうなんだけど」

普段鍛えてないせいだな。愛沢の言う通り、実はすごく重たい。

けど、好きな女の子の前で非力なとこなんて見せられない。

とは思うものの、勘の鋭い愛沢はそれに気づく。

「あはは。育野、あんた女の子の前だからって無理してるでしょ？　別にいいって、そんなの気にしなくて。二人で持てば育野も楽じゃない？　だから半分持ったげる♪」

にこっと笑って手を差し伸べる愛沢。

見た目がチャラい金髪美少女ギャルなのに、オタクの僕にここまで優しくしてくれるなんて。今は一緒にいるだけでも緊張するのに、余計に胸がときめいちゃうだろ。

「愛沢さん、甘やかさなくていいわ」

その時、支度を終えて鞄を持った東雲が涼しげに席を立つ。

「え、でも伊吹……育野きついと思うんだけど」

「心配しなくて大丈夫よ。本来これは委員長の仕事、もちろん私も手伝うのだから」

そう、教材を返すのは委員長である東雲の仕事。それをいつも手伝っているのが彼女のファンたち。でもなぜか今日、東雲は彼等の手伝いを断って僕を指名した。

「あ、伊吹が手伝うんだ。じゃあ心配しなくて大丈夫ねっ」

「ええ。だから愛沢さんは先に部室に向かってちょうだい。そうね、扇風機を二台とも回しておいてくれると助かるわ。西日が差して、だいぶ熱が籠ってると思うから」

「放課後の部室って初めはチョー暑いもんね。分かった。じゃあ先に行って涼しくして待ってるわねっ！」

屈託ない笑顔を浮かべる愛沢は、サイドポニーを揺らして去っていく。

ちなみに扇風機は先日まで部室にはなかったのだが、東雲が部費を使って手際良く手配してくれていた。二台もあるおかげで、今では快適な部活動ライフが送れている。

「それじゃあ育野くん、行きましょうか」

他には誰もいない教室で、歴史資料室の鍵を持つ東雲がにこやかに笑って歩き出す。

「あ、あれ……東雲、持ってくれるんじゃないの？」

「あら、いずれ主人になる私がペットの仕事を手伝うわけないでしょう。それに、私の下僕たちはいつもそれくらい一人で持ってみせるわ。まさかこの私のペット候補に選ばれたあなたが、それよりも貧弱だなんて言わないわよね？」

「うっ、それは……」

僕を気遣ってくれる愛沢が天使だとすれば、僕を扱き使う東雲は悪魔だな。

とは言え、こんな東雲だけど今では僕の好きな女の子の一人。

取り巻きたちよりダメなところなんて見せたくない。

「これくらい、持てるに決まってるだろ」

「そう。じゃあ行くわよ。ついてきなさい」

何か言ってやりたい。

けど、こちらを気遣う素振りさえ見せなかったのに、さりげなく机に置いてあった僕の鞄を持ってくれている。それに彼女と二人っきりで行動できることに僕は喜んでいるようで心のうきうきが止まらない。

結局僕は大人しくその後に続いた。

「はぁ……っはぁ……」

三階の歴史資料室前へと到着し、僕は汗だくで息を乱していた。

「育野くんにしてはよく頑張ったわね。もう少しだから我慢なさい」

東雲が鍵を差し入れて扉を開けてくれる。

同時に僕は中へと入った。

「――ふぅぅー……死ぬかと思ったぁぁあ」

広いテーブルの上に教材をどさりと置き、額を拭って一息つく。

両腕が脱力感に見舞われ、指先の感覚がほとんど無かった。

「とりあえずこれで終わりか……。よし、愛沢も待ってると思うし、今から部室に――」

カチャッ。

鍵の閉まるような音が聞こえ、扉の方を振り返る。

そこには妖しげに笑う東雲が立っており、後ろ手に鍵を閉めたようだった。

「うふふ。捕獲完了」

「は、ははは……」

今、捕獲って言った？

動揺する僕を余所に東雲が傍までやって来る。そして僕の周囲を回り始めた。

「な、何だよ……？」

捕虜に尋問する将校のような東雲に、僕は緊張を覚えつつ訊ねる。

「特に何でもないけれど。最近、あなたに関してちょっと気になったことがあったの」

「気になったこと？」

「ええ。それについて聞こうと思って、あなたをここに連れ込んだのよ」

だから珍しく僕を指名したのか。全部計算通りってわけだな……。

「……それで、僕に聞きたいことって？」

「久々に二人きりになれたというのに、せっかちね。……まあいいわ」

微笑を浮かべて目の前で止まると、東雲はキスするように僕へと顔を寄せた。

そして、慌てて目を逸らす僕の顔をじっくりと観察した後——

「あなた、私のこと好きになったんじゃない？」

「⁉」

心臓が、止まるんじゃないかと思った。

だって好きな子と超至近距離で心臓バクバクな上に、僕が隠している事実を指摘されたのだ。驚愕と緊張と興奮が僕を嵐のように襲い、口が壊れたように開閉を繰り返す。

「——証拠に、私に接近されただけで、心臓がこんなに激しく高鳴っているもの」

東雲は僕の左胸に耳を当て、心音を聞いてますます頬を緩める。

「ち、ちちちちち、違う！　僕は別に、東雲のことを好きなんかじゃ……！」

「ふふ、こんなにうるさい音を立てているというのに、違うと言うのかしら？」

自供を促すように、指先で優しく胸をなぞられる。

本能をくすぐるような対応に口が滑りそうになるが、頭を振って雑念を追いだす。

「あ、当たり前だろ！　ぼぼ、僕は、美少女って生き物が大嫌いなんだから！」

「そう。あくまで認めないわけね。……じゃあ、試してみてもいいかしら？」

東雲に好きとバレると、それを出汁に何をされるか分かったもんじゃない。

とにかくこの場を乗り切らなければという決意の下、僕は頷いていた。

「準備をするわ。大人しく待ってなさい」

彼女は鞄を置き、上履きを脱いだかと思うと、

「え……ちょっ⁉」

下着を脱ごうとするように、スカートの中へ両手を忍びこませていた。

おかげでスカートの両端が捲れ、バレリーナのようにほっそりした腿が露わになる。

「あら、手で顔を覆ってもったいないわね。私の貴重な着脱シーンを見なくていいのかしら？　どうせこの後、一時的に視界を奪ってしまうのだから」

「視界を奪うって、どういうことだよそれっ！　てか何で脱ごうとしてるー⁉」

「それはもうすぐ分かるわ。静かにしてなさい」

「あっ」

指の隙間から状況を見守る僕は息を呑む。いつも誰にも晒さない東雲の生足。それが黒ストの皮を脱ぐことにより、真っ白で艶めかしい美脚を視界に届ける。

「はい、残念でしょうけどサービスはもう終了よ。今からこれを使うわ」

東雲ファンなら家宝にしかねない脱ぎたてタイツ。彼女はそれを指先で摘みあげるとテーブルに置き、鞄からタオルを取り出して僕へと近づいた。

「っ⁉　な、何するんだよいきなりっ⁉」

目の前が真っ暗になる。タオルは僕の目隠しに使われたようだ。

「ほら、取ろうとしない。私はあなたに言うことを聞いてもらう代わりに入部したのよ。ちゃんと命令は聞きなさい。いいかしら？」

「くっ……そう言われると何も言えないな」

「いい子ね」

優しげな声を出され、ドキンと胸が高鳴る。そして笑いながら耳元でもう一言。

「ちなみに、見ようとしたら殺すから」

今のは暴力的な言葉だ。けれど今の僕にとって東雲は想いを寄せる女の子。攻撃的な言葉にさえも心臓が敏感に反応していた。

……マジで僕、どうかしちゃってるなこれ。

胸の高鳴りは収まらない。東雲が何を始めたか分からないが、何だか衣擦れのような音が聞こえてくる。おかげで妄想に拍車がかかり、あらぬことばかり考えてしまう。

「準備できたわ。でも、もう少しそのままでいてもらおうかしら」

視界を奪われている僕は、東雲に誘導されてパイプ椅子のようなものに座らされる。

再度目を開けないように忠告されて目隠しが取られ、今度はそれを使って両手を後ろ手に組んだ状態で縛られてしまう。

「――いいわ。家畜、目を開けなさい」

ようやく準備が終わったようだ。

僕は指示通り、ゆっくりと瞼を開いた。

「⁉　…………な、ナース……さん？」

眼前のテーブルに、ナースコスプレをした東雲が脚を組んで座っていた。

挑発的に僕を見下ろす東雲は、サキュバスのような卑猥な微笑を浮かべている。

そして、白タイツに包まれた爪先で、僕の太腿を撫で始める。

「ふふ。実にいい眺めね」

くっ……可愛い。

――じゃなくて。

「それより、何のつもりだよその格好は？」

「これ？　まあ、格好には特に意味がないわ」

「ないのかよ！」

「黙りなさい。ないというのは冗談よ。私の可愛いナース姿を前にして理性で我慢できない段階か見るために試してみたの。それより、本当の目的はこっち」

脇に置いてあったものを手に取って見せてくる。

それは聴診器だった。

「今からこれであなたの心音を聞くの。そうすれば、育野耕介が私といる時にどういう状態なのかが分かるはずでしょ？」

「ふん、そういうことか。別に隠すことは何もないし、聞いてみればいいだろ」

——やっべえええええどうしよう！

完全に僕がこいつのこと好きだってバレちゃうじゃないか！

「言われなくてもそうするつもりよ」

東雲は愉しげな表情で床に降りると、僕のシャツを丁寧に脱がしていき——耳元に髪を掛けながら、冷たい聴診器の先端を胸に当ててくる。

白衣に身を包んだ黒髪美少女。

ドSで腹黒いけど何だかんだで僕には優しい女の子。

落ち着け、落ち着け僕。何とか抑えるんだ。

けど、どんどん心音は大きくなる。

大好きな女の子が白衣姿で目の前にいる。興奮を抑えるなんて土台無理な話だった。

「——ふふ…………ふふふふふ」

やがて東雲は、俯いたまま不気味に笑って立ち上がる。

そして何を思ったのか、僕の下半身へ跨ると、首の後ろへと両腕を回してきた。

目の前の彼女は、仄かに頬を染めて嬉しげに微笑んでいて――


「好きなんでしょ？」


自信満々に確信を得た様子で問い質してくる。

「今ので完全に分かったわ。あなた、やっぱり私のこと好きになったのね？」

「そ、そんなわけ……ない、だろ」

やばい完全にバレてる!!

そう思いつつも、僕は顔を逸らして白を切る。

「うそ。さっきよりもすごい音だったもの。特定の女の子が傍にいて、あれだけ興奮するというのはそういうことだわ。ね、好きなんでしょ？」

早くその言葉が聞きたいのか、夢中な様子で顔を寄せてくる。

「お前、すごく嬉しそうだな……」

「当然だわ。お気に入りのペットと相思相愛かもしれないんだもの。これで嬉しくないという方がおかしいと思わないかしら？」

「相思相愛って……東雲、もしかしてお前……ぼぼ、僕のこと――」

期待に胸が膨らむと同時に、東雲の頬がさらに朱に染まる。

そして、両頬へと鋭い痛みが走った。

――ぎゅううぅぅ～～!!

「勘違いしないで。あくまでペットとして好きということよ。分かったかしら？」

僕の両頬を引っ張りながら、にっこり笑顔でそう言う。

「わ、わかっふぁから！　は、はなへぇ！」

僕はようやく離してもらう。しかし、尚も真実を求める東雲の視線を浴びせられる。

それでもしぶとく何も答えないでいると、

「ふふ、まあいいわ。あなたは何者にも屈さない尊い存在。ここでいくら私が尋問したところで吐かないでしょうね――」

東雲は僕から降りると、悪戯っぽく振り返って、

「でも、近いうちに必ず私を好きだと言わせてみせる。週末には海水浴もあるのだし、そこで私の魅力を存分に教えてあげるわ。……そして、私のペットになってもらう」

水着で色々アピールしてくるってことだよね？

そんなことされたら、本当に東雲のものになるって言ってしまいそうじゃないか。

東雲はすごく良いやつだけど清楚系ビッチ。なので最終的には愛沢を選びたい。

しかし、僕が東雲に惹かれているのも事実で、まだこの段階では何とも言えなかった。

東雲が僕の両手の拘束を解いてくれる。けれど案の定こう言う。

「じゃあ、着替えるから大人しくしてなさい」

「うあっ⁉」

僕の視界は再び奪われ、聞こえ始めた衣擦れの音に赤面するのだった。

「あ、きたきた！　遅かったわね二人とも。お帰りなさいっ♪」

部室に入ると、向かいのソファに腰掛けた愛沢がにこやかに手を振ってくる。

室内は愛沢が窓を開けて扇風機を回していたおかげで、教室よりもだいぶ涼しかった。

「あれ？　それより育野、ちょっと顔赤くない？」

「はは、別に何でもないから気にしないでよ。体調不良とかでもないしさ」

東雲のストリップをすぐ傍で体感したせいだなんて言えない！

「そっか、ならいいんだけど……あ、それよりね！」

愛沢が手前のソファに座る人物へと水を向ける。

「昨日一緒にガラス掃除をした子がお礼を言いたいって来てるの。えっと、名前は——」

「ども〜！　D組の秋好千秋って言います。昨日は掃除手伝ってくれてさんきゅーね！」

首だけで振り返る快活そうな眼鏡女子は気さくに笑う。

「あ、昨日の。秋好さんって確か天姉の友達だよね？」

「お、私と天虎の関係知ってるんだ。そーそー、同じクラスでけっこう仲良いよあの子とは。恋愛相談とかも聞くしね〜。……ぬふふ」

黒髪ロングの彼女は、お姉さん系の外見ながらどこか親父っぽい雰囲気を纏っていた。

はは。

天姉が僕を好きだってこと知ってるんだろうな。

「お礼を言われるほどではないわ。そもそもあれは、あなたが悪いわけではないのだし」

僕は先程から機嫌の良い東雲と一緒に愛沢側のソファへと腰を下ろす。

「秋吉さんは確か新聞部の部員だったと思うけれど。お礼を言うだけでわざわざ足を運んだとは思えないから取材でもしに来たんじゃないかしら？」

「うわお、さすが完全無欠の理事長代理。鋭いわねー。まあ、私はもう新聞部じゃないんだけどね。あそこ、中傷記事を書いたりするから肌に合わなくて。今は個人で楽しい新聞を発行できるよう動いてる感じよ。って、そんな話はどうでもよくて――」

秋吉さんは眼鏡をくいっと上げると唇を結ぶ。

「あなたたち、良い人そうだから昨日のお礼も込めて忠告よ。今朝、周囲の人間が話してたんだけど、昨日文芸部に九重さんが相談しに来たらしいじゃない」

「え、それはそうだけど……秋吉さん、それがどうかした感じ？」

急に真面目な顔をされるせいで、愛沢が緊張した様子で訊ねる。

「私は噂で人を判断しない方なんだけど、心配だから言っておくわ。知ってるとは思うけど、九重さんは男女関係なく友達を騙して、悪い仲間のところに連れていくって噂で有名な人よ。何を依頼されたかは知らないけど気をつけて。何かあってからじゃ遅いから」

男はリンチにされて金ヅルに。女の子の場合は複数人の男に乱暴される——だっけ。

その噂が本当なら確かに心配だ。

でも、東雲が何か策を講じると言っていたし大丈夫だと思う。

それに、やっぱり九重さんがそんなことをする人だとは思えない。

「こちらでも警戒するし、心配はいらないわ。ご忠告ありがとう、秋好さん」

「…………」

しかし、にっこり笑う東雲とは対照的に、愛沢はすごく不安なようで俯くのだった。

3　僕が女の子たちの水着選びを任せられるわけがない。

海水浴デートを二日後に控えた木曜日の放課後。

僕は愛沢、東雲、天姉の三人と一緒にショッピングモールへと向かっていた。

「なははっ、こーすけと買い物なんて久々だなっ！」

隣を歩く天姉が無邪気に笑うので、自然と僕も笑顔になる。

「そういや、小さい時以来だよね。それより天姉、部活は大丈夫だったの？」

「うん、問題ないぞ。日頃頑張り過ぎだから、今週は三日休んでもいいって言われた。そんなことよりこーすけ！　今から私の水着選んでくれるんだよなっ⁉」

天姉、よっぽど嬉しいのか。

子供みたいに顔を輝かせちゃって可愛いな。

すると後ろを愛沢と歩く東雲が微笑を浮かべ、

「こほん。高虎さん、今日の一番の目的は、愛沢さんの水着を育野くんに選んでもらうことよ。この点いいかしら？」

そう、放課後そんな話になったからこそ、僕たちは買い物へと向かっていた。

「ふん、そんなの言われなくても分かってるぞ」

天姉は面白くないのか、東雲に指摘されてぷいっとそっぽを向く。

「ははは……それより愛沢、最後に海に行ったのが小五の時で合う水着がないんだっけ？」

場の空気を取り持つため後ろを歩く愛沢に質問する。

「う、うん。そのせいで三人を付き合わせちゃってごめんね。あたし、体が成長してからは目立っちゃうのが嫌で海とかプールは行ったことないの。だから、最近は全然水着とか買ってなくて、気づいたら昔の入らなくなっちゃってたのよね」

当時と比べたら相当胸やお尻が成長してるだろうからな。

昔のが合わなくて当然だ。

ちなみに。今朝愛沢がそういう経緯を東雲に話したところ、一緒に水着を買いに行こうという話になったらしい。

そして、これは異性に水着を選んでもらう良い機会だと助言され、初な愛沢は放課後まで悩み、恋愛経験値を得るため僕に依頼してきたというわけだ。

天姉がふいに僕を見上げる。

「なあこーすけ、でも本当なのか？ 愛沢愛羽（まなは）が実は男性経験ゼロな女ってのは。見た目もすごく派手だから、色んな男といっぱい遊んでそうにしか見えないぞ」

この情報は先程、東雲が愛沢に許可を得て彼女に教えていた。天姉には愛沢のための海水浴デートにも付き合ってもらうので、隠し通すのは無理と判断してのことだった。

「だ、だから、本当だってば高虎さん……」

「天姉、それは僕が保証するから信じてあげて」

苦笑しながら言うと、天姉は後ろの愛沢をちら見しつつ心配そうに、

「……こーすけ、お前騙されてるだけなんじゃないのか？　一応、お前が言うなら私は信じるけど。でも、念のため気をつけないとダメなんだぞっ」

僕を守ろうという気が強いのか、天姉は不安顔で見上げてくる。

今じゃこんなに小さいのに、いつまでも僕のお姉さんでいてくれるんだな。

僕はそれが嬉しくて、自然と彼女の頭を撫でてしまう。

「っ……!?」

天姉は頬っぺを赤くすると、照れてるのか僕から顔を逸らして歩き続ける。

その時、後ろの愛沢が遠慮がちな小さな声で、

「……あのさ育野。今日は、よろしくね」

「あ……う、うん！　こちらこそっ」

いけない。

天姉と会話していつの間にかリラックスしてたけど、また緊張してきた。

だって今から、好きな女の子の水着を選ぶんだ。

緊張しないわけがない。

あれか、僕が際どいえっちなのを推せば、買ってくれるかもしれないんだよな。

しかもその場合、それを着た愛沢を週末には見ることができる……。

僕はマイクロビキニを着た愛沢が真っ赤になってもじもじする場面を想像してしまう。


い、育野ダメっ。そんなにじろじろ見られたら、恥ずかしくて死んじゃう……。


くっ——————け、けしからん！

僕はなんて恐ろしいイベントに行こうとしてるんだっ。

それに東雲(しののめ)もいるから、もしかしたら僕に選べとか言ってくるんじゃないか？

好きな女の子二人の水着を選ぶことになったら、どうすればいいんだよ……。

胸の高鳴りを覚える僕は、答えが出せぬまま目的地へと向かう。


ショッピングモールに着くと、僕たちは女性用の水着売り場へと移動した。

天姉は早速店内の奥へと消え、東雲はサポート役として僕等の後方に控える。

そして若い女性客しかいない中、愛沢の水着選びが始まる。

「…………」

やばい、愛沢と二人でいるせいか周りに注目されてる。美少女ギャルの愛沢とオタクっぽい外見の僕。そのアンバランスさのせいで目立っているに違いない。

「……」

愛沢も周囲の視線を感じ、余計に緊張しているようだ。固い表情のまま、ぎこちない動きで水着を選んでいる。

……今の僕は愛沢の擬似彼氏なんだよな。

じゃあ、今日の水着選びが印象深くて楽しいものになるよう努力しないと。

僕は何とか笑顔を作って明るく振る舞うことにする。

「愛沢、緊張してるようだけど大丈夫？」

「……や、やっぱり、そんなふうに見える？」

「うん、まあね。でもほら、前に下着選びに来た時と比べれば、まだマシなんじゃないかな。今回は水着なんだしさ」

「そう言われるとそうかもしんないけど。でも、あの時は切羽詰まってたから、自棄になって頑張れたっていうか……」

そっか、あの時は黒姫亜海に恋愛経験豊富か疑われてたんだっけ。だから頑張れたけど、今回は差し迫ったものがないせいで緊張に圧されてしまうと。

「あ、でも育野は気にしないで！　あたしが勝手に緊張してるだけだから。ていうか毎回ごめんねっ。育野も暇じゃないのに、急に付き合わせちゃって」

「気にしなくていいって。愛沢のお願いを聞く条件で入部してもらってるわけだから。そ、それに……愛沢の水着を選ぶのは、僕も嫌じゃないし」

「へ？」

——ハッ⁉

し、しまった！　今僕、何て言った⁉

女子の水着を選ぶのは嫌じゃないって、下心丸出し過ぎじゃないか！

きっとドン引きされたに違いない。嫌われて退部されちゃったらどうしよう！

けど当の愛沢は不思議そうな顔で僕を見つめていて、

「育野、あたしの水着選ぶの、嫌じゃないの？」

「え？　まあ……うん。そうかな」

全く興味がない風を装って、脇に顔を逸らす。

ふと気になって愛沢を見ると、いつの間にか柔らかな表情を浮かべていた。

「そうなんだっ」

あ、あれ？　何で嬉（うれ）しそうなんだ？

愛沢は前髪を耳に掛けると、どこか緊張が解（ほぐ）れた様子で水着選びを再開する。

その横顔はどこか喜びに満ちていて、先程の固いものとは全く違う。

ちょっと待てよ。僕が嫌じゃないと言ってこの喜びよう。

………ま、まさか。

いつもの僕ならこうは考えない。けれど恋愛脳とは人を変えてしまうようだ。

もしかして愛沢（あいざわ）………僕のこと……好き、なんじゃ……。

最近はだいぶ慣れてきたせいか、二人を前にしても変に緊張することはなくなった。けれどそう思い始めると脈拍が上がり、呼吸が苦しくなってしまう。

「育野（いくの）のおかげでさ、何か楽しくなってきたかも」

「え？　な、何で……？」

ドキッとしつつも、僕は何とか相槌（あいづち）を打つ。

「うーん、何でだろ。理由は分かんないけど、そうみたい。さっきまで異性に水着選んでもらうんだって思うと緊張してたのに、今はすごくリラックスできてるから」

愛沢が僕をどう思っているかは分からないけど、好きな女の子の力になれたことは確からしい。満ち足りた気持ちになる僕は全身が少し熱くなる。

もっと愛沢の力になりたい。

良い感じに緊張も解れてるようだし、色んな水着を勧めるなら今だ。

「えーっと、そうだなー………あ、これとこれなんてどうかな？」

水玉模様の可愛らしい水着とシンプルなデザインの水着を手にして見せる。

「あ、それどっちもいいと思ってたのよね。ただ、可愛いんだけどもう少しインパクトが欲しいっていうか………ご、ごめんね、拘り強くて」

愛沢は女の子でしかもお洒落さんだもんな。色とかデザインに凝って当然か。

「じゃあ、そういう感じで他にって言ったら――」

インパクトインパクト……おっ、これとこれ良さげだ――と僕はそれらを手にして。

「ぶぅ――っ‼」

二つをよく見て、思わず吹き出していた。

「ん？　どうしたの育野、いいのあった感じ？」

「え⁉　あーいや、別に何も……はははははっ」

「……？　育野、汗かいてる気がするけど気のせい？　てか、何か後ろに隠してない？」

「隠してない隠してない！　気のせいだよきっと！」

すごく卑猥な豹柄ビキニと、一本のストラップだけで局所を隠すスリングショットなんて隠してないぞ！

「ふ、ふーん。まあ育野がそう言うなら、気にしないけど……」

基本的に素直な愛沢だけど、僕の様子が明らかにおかしいので疑っているようだ。

「……その、育野……ないとは思うけど。え、えっちなのは……ダメ、だからね」

水着を探しながらぎこちなく忠告され、僕は頷く。

愛沢は貞操観念をしっかり持った純粋な子。

こういう系を見せれば今の雰囲気を壊しかねないから注意しないと。

僕は手にした二点をそっと戻し、再び水着選びを始める。

それからしばらくして——

僕は愛沢から、とびっきりの笑顔を引きだすことに成功していた。

「うわ〜！　何これちょー可愛い！　育野、何でこれを勧めてくれたわけ⁉」

水着を掲げてハートを振り撒く愛沢が僕を見つめてくるので照れ臭い。

「その、愛沢って露出多いの苦手そうだから、なるべく露出少なめでインパクトある可愛いのを探してたんだ。そしたらそれを見つけた感じかな」

すると、喜び一辺倒だった愛沢が急に黙り込んでしまう。

水着を大切そうにぎゅっと抱く彼女の頬は、桜色を帯びていた。

「そっか……育野、ちゃんとあたしのこと考えて選んでくれたんだ……」

びっくりした。急に黙りこむからマズイこと言ったのかと思っちゃったよ。

僕はほっと胸を撫で下ろす。愛沢は再びとびっきりの笑顔を浮かべる。

「あたしこれにする！　サイズいけると思うけど、一応試着してからレジ持っていくわね！」

「そっか、じゃあ僕は東雲たちと待ってるよ」

「うん！」

水着を抱えた愛沢が、にこっと笑い試着室へと去っていく。

愛沢、すごく幸せそうな顔してたな。

あんな顔されたら僕まで嬉しくなるじゃないか。

そうして僕が心地良い充足感を味わう中、

「育野くんにしては良い働きぶりだったわ」

「⁉　し、東雲……いつの間に真後ろに……。てか、嬉しそうだな」

「当然でしょ。ペットが成果を上げたということは主人が成果を上げたも同然だもの。要するに私を褒めなさい」

「褒めるかよ！　褒められたい盛りの小学生かよお前は……‼」

適当に突っ込むと、東雲は薄く微笑んで「まあいいわ」と呟く。

「それにしてもあなた、一番初めのデート時と比べて、見違えるほど成長したわね。今日もヘマばかりすると思って心配していたのだけれど」

「まあ僕も一応、前回のことを反省して勉強したからね……」

雑誌などを買ってデートの立ち回り方や女の子の気持ちを勉強しただけではあるけど。

「あ、それより、東雲は水着見なくていいの？」

僕と愛沢が選んでる最中、ずっと後ろの方にいたもんな。

「私のことは気にしなくていいわ。昨日既に準備させたから」

そう言えば、海で自分の魅力をアピールして僕に好きと言わせるって言ってたっけ。

男の僕が唸るような、セクシーなものを用意したに違いない……。

「あら、怖い目ね。もしかして、自分で好きな女の子の水着を選べなくて、怒っているのかしら？」

「そ、そんなんじゃないってば。……ていうか顔、近いから」

「うふふ」

僕の気持ちを試すように身を寄せていた東雲が、良い匂いを振り撒きながら距離を置く。

「育野耕介、それよりいいの？」

「え、何がだよ？」

「まだ愛沢さんの水着を選んでいる最中だと思って、あなたが空くのをさっきからずっと待っている子がいるのだけれど」

僕は東雲に促され、通路先へと目を向ける。

「あ……」

いくつかの水着を抱えた天姉が、親を待つ子供のようにそこにいた。

僕と目が合った天姉は、気まずそうにおろおろと視線を散らせる。

「あの子、今日の一番の目的が愛沢さんの件ということをちゃんと分かっているみたい。さっきからずっとあそこで大人しくしているんだもの。私のペットになるのなら、あれくらいお利口さんであって欲しいものね」

「そっか。ずっとあそこで……」

昔の独占欲が強かった天姉なら、構わず僕を横取りしていたに違いない。

「ちょっと東雲、僕行ってくるよ！」

僕は急いで天姉の元へと駆け寄る。

「ごめん天姉、待たせたね！」

「あ、こーすけ！　もういいのか⁉」

途端、天姉の愛らしい顔が笑顔で弾ける。

「うん。愛沢はもう買うだけだから、次は天姉のを見てあげるよ」

「やったー！　実はもう着たいのは絞ってあるんだぞ！　あとは実際に着て見せるから、こーすけの意見を聞かせてくれ！」

「おっけー、分かったよ。じゃあいこっか」

試着室へと向かい、しばらく待つ。するとカーテンがさっと開いた。

「どうだこーすけ⁉」

「ぬおっ⁉」

その姿を見て驚いた僕は変な声を出してしまう。だってそれは愛沢との水着選びの際、僕が誤って手に取ってしまった超卑猥(ひわい)な豹柄(ひょうがら)ビキニだったのだ。

「ちょっと天姉、さすがにそれはどうかな……」

「ん？　あんまり似合ってないか？　けっこういけると思うんだけど」

背中を向け、振り返って自分のお尻を見下ろす天姉は何だか楽しげだ。小ぶりなお尻を包む水着はぴちぴちで、愛らしい丸みにぴったりと張りついている。

「天姉、聞くけどさ……そういうの僕に見せて恥ずかしくないの？」

軽く赤面する僕は訊ねるけど、天姉はいつもよりテンションが高いようで、

「なはは！　バカだなこーすけは。私は露出の激しい衣装でいつもチアやってるんだぞ。こんなの着たって別に何ともないんだぞ！」

それもそうか。

それに、昔から男の僕の前でも色々気にしてなかったっけ。

「そっか。ならいいんだけど……じゃあ、とりあえず他のも見せてくれる？」

「わかった！」

再びカーテンが閉じ、しばらくすると開く。

「えっと、どうだこーすけ⁉」

「ぶふぉっ⁉」

またもや僕は噴き出す。天姉が今着ているのは、極端に水着の面積が小さいマイクロビキニだった。ほぼ平らな胸、その先端部分をかろうじて布が守り切っている。

天姉は気丈に振る舞っているが、今度はさすがに恥ずかしいようで頬っぺが赤い。

何でさっきから、こんなに大人っぽいのばかり——って、待てよ。

天姉は僕がお姉さん好きって知ってるんだよね。まさか、それでこういうのを。

「あのさ天姉、ちょっとだけ待っててくれる？」

「え、いいけど……」

急にそう言われて戸惑う彼女を置いて、すぐさま目的の場所へと向かう。

僕はある水着を手に取るとすぐさま戻り、それを天姉へと渡した。

そして、再び着替えを済ませた彼女が水着姿を晒す。

「……」

「うん、すっごくいいじゃないか天姉！　さっきのよりも似合ってるよ」

だが、天姉はどこか納得いってない様子で、

「んんぅ、でもこれ、全然大人っぽくないぞ。こんなのこーすけは好きじゃないだろ？」

やっぱり、僕の好みを考えてアダルトなものをチョイスしてたのか。

「確かにさっきのと比べたら子供っぽいかもしれないけど、そっちの方が自然でいいよ」

僕が勧めた水着は、愛沢の水着を選んでいる際、天姉に似合うかもと思って目を付けていたものだった。ロリっ子体型の人専用に作られたようなそれは、未発達なところはしっかり隠し、可愛らしさを前面に押し出したデザインが特徴的だ。

「で、でも、やっぱり私はこーすけの好みに――」

「それ着てる天姉、すごく可愛いよ。ナンパとかされないか心配になっちゃうな」

「えっ……」

素直に褒めると天姉が瞳をぱちくりさせる。

その後、急にくるっと後ろを向いた。

「……もうわかった」

あれ？　もしかして天姉、怒ってるのか？

僕が確認する間もなく、カーテンが閉められる。

しばらくして制服に着替えた天姉が出てきて靴を履く。

「あ、あのさ天姉、もしかして僕、変なこと言っちゃった？」

焦って訊ねるものの、僕は途中で気づく。

数点の水着とは別に、僕が選んだ水着だけが大事そうに抱えられていることに。

俯きがちな天姉は、真っ赤な顔でポツリと呟く。

「こ、これにする」

「あ、僕が選んだのにする感じだね」

「うん。だって、その……こーすけ、可愛いって言ってくれたから。これがいい」

もじもじしながらそう言う天姉を見て、僕の顔が綻ぶ。

「そっか。気に入ってもらえたなら良かったよ。じゃあ、僕は向こうで待ってようかな」

「分かった。じゃあちょっと買ってくるぞっ」

天姉はそう言うとレジへと走っていく。

すれ違いざまに見た横顔はとても柔らかいもので、僕の心を達成感で満たしてくれる。

「あら、高虎(たかとら)さんの方まで上手くやるとは思っていなかったわ」

「東雲(しののめ)か……またいつの間に後ろに」

目を伏せる彼女は、僕の成長ぶりが見れて嬉(うれ)しいのかご機嫌な様子だ。

「ペットの成果は主人の成果。私を褒めなさい——とか言っても僕は褒めないからな」

「へぇ、主人の発言を先回りして抑えるなんて生意気な家畜ね……」

「っ……か、顔、近いってば」

懐に潜り込んで見上げてくる東雲から僕は顔を逸らす。

東雲は僕の胸を指先でなぞりながら、

「でもどうしようかしら。女の子の水着を選ぶのが上手みたいだから、私のも選んでもらおうか迷い始めてしまったわ」

「え、東雲の水着を……？」

店内にある色々な水着を東雲が着ている場面を想像し、僕は一瞬で赤面する。

すると東雲は耳元へと唇を寄せ、

「ふふ、冗談よ。この変態」

くっ……冗談かよ。人をおちょくりやがって。

でも東雲に気がある今の僕は、彼女に罵られても悪い気がしないから困りもんだ。

「私の水着姿は海水浴までお預けよ。それまでたくさん妄想してなさい」

「べ、別に見たいだなんて思ってないよ僕は」

「そう。まあいいわ。当日、あなたの食い付きぶりが楽しみね」

——と、そんなこんなで。

僕は何とか愛沢の水着選びデートを終えたのだった。

そして帰り道、僕は愛沢と途中まで帰る方向が一緒なので同じ電車に乗っていた。

「育野、天美先輩たちも来るかもって言ってたから楽しみよね！」

あの後、僕たちは天美先輩のご両親が営むケーキ喫茶ガルニールへと行った。

そこで天姉に海の家でのバイトの件などを話していたら、天美先輩が友人を連れて遊びに行こうかなと言い出したのだ。

「言ってたね。亀乃先輩や倉島先輩を誘うかもって話だったっけ」

だけど、亀乃先輩か……。

愛沢よりも大きなおっぱいが生に近い状態で見られるかもしれないだなんて、ちょっとドキドキしちゃうな。それに亀乃先輩は無自覚系天然ビッチ。文化祭の時のようにセックスアピールをしてきたら理性が保てるか分からない。

「あたし、初めは海水浴デートって聞いて緊張してたのよね。でも高虎さんが来ることが決まって、他にも知り合いが来るかもしれないから、マジで楽しみになってきちゃった」

「そっか。愛沢がそう思えるのはいいことだよね」

海水浴デートが決まった時は色々と心配だったけど、この様子を見るに当日はちゃんとデートを楽しめるに違いない。もちろん、僕が頑張ることが大前提だけど……。

あと、九重さんの例の噂が気にかかってるようだから、何かあった時は僕がちゃんと守ってあげないとな。

「育野、週末はいっぱい楽しもうねっ」

好きな子に可愛らしく微笑まれて緊張しながらも、僕は何とか頷いた。

◆◆◆

僕は愛沢と別れた後、電車を降りて住宅街の中を歩きながら家路を急ぐ。

時刻は既に午後七時を回っており、夕飯時のせいか外を歩いてる人は一人もいない。

そこで僕はあるものを見つけて息を呑む。

「……これって」

電飾系統がイカれてるのか不規則に瞬(またた)く自販機。

金銭投入口付近に凄惨な切り込みが入れられ、無理に力技でこじ開けられたように観音開きになっており、使用禁止の張り紙が貼ってある。

「もしかしてこれ、宇呂丹(うろたん)市で起こってる自販機荒らしの仕業か……」

僕の学校では自販機荒らしは九重(ここのえ)姉妹って噂(うわさ)もある。

こんな力技、女の子一人では無理だろうけど確かに二人なら可能かもしれない。

でも九重さんがするとは思えないな。まあ東雲(しののめ)が実は良いやつであるように、世の中は驚きの連続だから完全に違うとは言いきれないけども……。

そういえばシャルテが言ってたな。

学校の生徒が犯人らしき人物と遭遇して刃物を手に追いかけられたって。

……ここにいても良いことないと思うし急ぐか。シャルテも待ってるんだし。

僕は不安に駆られるせいか、少し急ぎ足で夜道を急いだ。

「兄さん、こっちは出来ました。サラダの方はどうですか？」

「うん、こっちも盛りつけ完了だよ」

帰宅した僕は、いつものようにシャルテと晩ご飯の準備をしていた。

それぞれが作ったものをテーブルへと並べ、エプロンを外したシャルテと席につく。

「では兄さん、食前のキスを」

「そうだね。いただきま——ってキスってなんだよおい！」

「兄さんの女にしてもらうためのステップです。兄さんは童貞ですから、まずはキスから

という妹の気遣いなのですが。キスも難易度が高いでしょうか？」

「シャルテだって処女だろ⁉ 難易度が高いのは一緒じゃないか！」

「やだ、兄さんそれはセクハラです」

「どっちがだよぉぉおお⁉」

いつものようなやりとりをしつつ、僕は妹と一緒に夕食をとり始める。

「それよりシャルテ、生徒会長になって少し経つけど上手くやってる？」

「はい、友人の手助けもあって何とかやってます。今日はテストの間に溜まってた仕事の

消化で忙しかったですけど、明日からはそうでもないと思います」

「そっか、ならいいんだけど。でも無理だけはしちゃダメだよ。いい？」

「はい。兄さんの言いつけはちゃんと守ります。心配しないでください」

シャルテは僕の目を見てそう言った後、焼き魚に箸を伸ばす。

でもあの大人しかったシャルテが生徒会長か。

未だに信じられないけど、ちゃんと上手くやれてるようで良かった。

そして二人で食事を終えた頃、シャルテは疲れもあってかうとうとしていた。

僕は微笑みながらシャルテの食器も流しへと運び、余ったおかずにラップを掛けて冷蔵庫にしまう。振り返ると、シャルテは余程眠たかったのかテーブルに体を預けてすやすやと可愛い寝息を立てていた。

生徒会の仕事で結構疲れてたんだろうな。仕方ない。

僕は妹孝行できることに喜びを感じつつ、シャルテをおぶって二階へと向かう。

「兄、さんと……海ぃ……」

……寝言か。

今回、留守番するって言ってたけど、本心は僕と一緒に行きたかったに違いない。

最近はシャルテに苦労かけることが多いし、近々いっぱい構ってあげよう。

あ、そうだ。今日見たあれをプレゼントするのもありだな。

——呑気(のんき)なことを考える彼は知らない。

同じ時間。砂浜に座る九重紫月(ここのえしづき)が、週末のことを夢想して妖しく微笑んでいることを。

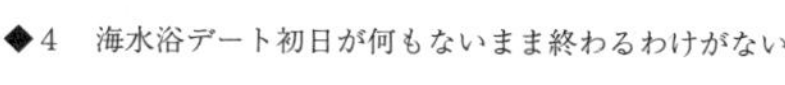

4 海水浴デート初日が何もないまま終わるわけがない。

金曜の放課後、僕の普段鳴らないスマホに連絡が入った。

九重さんがラインでメッセージを残しており、明日の集合場所と時間が記されていた。

……なぜかハートマークつきで。

そして土曜。

僕たちは朝八時に一旦学校近くの駅前へと集合し、そこから電車に乗って九時前には姪浜へとやって来ていた。

「うわ〜〜！　見ろ見ろ、海だぞっ！　ひっろいな〜〜〜〜!!」

燦々と照りつける太陽の下、砂浜に辿り着いた天姉が無邪気に顔を輝かせる。

「本当、すっご〜〜い！　あたし、小学校の時以来だから、なんか感動しちゃう！」

「ふふ、二人ともまるで子供ね。でも、都会近郊にある海にしては綺麗なところだわ。デートの舞台としては及第点といったところかしら。最初はデートと聞いて、別荘があるスペインのメノルカや、サモア、プララン、バリを検討していたのだけれど」

学生のデートで外国まで行くつもりだったのかよ……。

お嬢様の価値観ってすごいなマジで。

「まあでも、確かに綺麗なところだよね」

でも僕は海よりも、三人の私服姿ばかりを見ていた。

天姉はスポーツ少女らしく健康的ながらも露出の多い格好で目を引くし。愛沢はお洒落な麦藁帽を被り、軽やかなミニスカを穿いているせいで下着が見えてしまいそうだ。

そして何より東雲。鍔の広い白の帽子は日光を遮って影を落とすことで美貌を引きたて、清純な黒髪美少女にお似合いの純白のワンピースは近づき難い儚さを演出している。

東雲、僕の気を引くために一番効果的な格好をしてきたんだろうか？

正直、似合い過ぎていて全く目が離せない。

すると、二人が海に気を取られている隙に、東雲が微笑を浮かべて顔を寄せてくる。

「ねえ、私の私服が一番可愛いと思ってるのでしょ？」

「うっ……」

自分の見せ方を熟知している東雲が、今この中で一番可愛いのは事実だ。

「やっぱり、思ってるようね。うふふ、なら素直に可愛いって褒めなさい。そうすれば今日、水着姿の私があんなことやこんなことをさせてあげるかもしれないわよ？」

東雲が僕に、あんなことやこんなことを……？

僕は砂浜の岩陰で、水着姿の東雲とイチャイチャする場面をつい想像してしまう。

「――あんっ。全く、がっつくなんて困った家畜。眺めるだけと言ったはずなのに、発情して主人の胸を揉みほぐすだなんて……んっ、ふぁあ、意外と……上手ぅ……♡」

……やばい、想像するだけで顔が熱くなる。けど誘いに乗っちゃダメだ。

東雲は僕が自分のことを好きなんじゃないかと疑ってる。だからこの海水浴を有効活用し、僕に好きと言わせることで主従契約を完了させようとしている。そんなことになれば僕は奴隷ペットとして扱き使われるに違いない。ふん、全てはお見通しだ。

「…………か、可愛い、です」

恋の魔力って恐ろしい。そう思わないかい？

東雲が驚いた様子で口元に手を当て、「あら」と呟きつつ目で笑う。

彼女は膝まであるワンピースの裾を揺らしながら、嬉しそうに背を向けて。

「正直でいい子ね。じゃあ今日は特別に私の体に触らせてあげようかしら。これは同時に、あなたに他の女の子の体も触らせることになるから迷っていたのだけど、今日は細かいことは気にしないでおきましょう。育野耕介、楽しみにしておきなさい」

東雲の体に触れる……だと？

僕は優美な線を描くたおやかな細身を見つめる。

彼女の体に触れるだなんて、男なら誰でも喜ぶに違いない。

今の僕もそう感じる一人で期待せずにはいられなかった。

「──全員着替え終わったようねー」

僕たちはビーチを移動して、今日手伝う海の家『九重屋(ここのえ)』へとやって来ていた。

今は九重さんに手渡された従業員用の服に更衣室で着替え、テーブルや椅子が並ぶホールへと出て来ていた。店は座敷もあるので三十人くらいを収容できるキャパがある。

「へぇ、耕介(こうすけ)けっこういい感じじゃない」

レジカウンターで頬杖(ほおづえ)をついてた九重さんが僕の傍まで来て、周囲を回り出す。

僕が着ている上着は女子たちと同じで、水色の布地に白字で『九重屋』と書かれている。下だけは彼女たちが穿(は)いてる際どいホットパンツとは違って短パンだ。

「耕介って細いから何でも似合いそう。……ふーん。でもこうやってみると、意外と男らしい体してんじゃん。うわ、ここかすっごくかった〜い」

九重さんがいやらしい半目で僕を見上げ、胸板をつんつんとつついてくる。

何か九重さんって、言ってること全てがえろく聞こえちゃうんですけど……。

「うふふふ。九重さん、それより仕事の指示をくれるかしら？」

東雲(しののめ)、すごくいい笑顔だけど僕に気安く触れられて怒っちゃってるな。

「伊吹(いぶき)って言ったっけ？　ま、そう慌てなくてもいいわ。それより問題は愛羽(まなは)ね。あんたあたしよりおっぱい大きいっしょ？」

「へ⁉ な、何で分かるの……？」

愛沢(あいざわ)が突飛な発言に驚き、Tシャツを押し上げる双丘を抱きしめる。

「だってそのシャツ、一番大きいサイズなのにオヘソ見えてんじゃない。あたし、そろそろEカップになるから肩凝り酷(ひど)いんだけど、それより大きいとかあんたも大変ねー。ってそうじゃなくて――ちょっと露出してるだけでちょっかいかけてくる客とかいるから気をつけなさい、いい？」

「そうなんだ……分かった、一応気をつけるわね」

愛沢は不安そうに呟(つぶや)き、恥ずかしげに露出したオヘソをシャツを伸ばして隠す。

「他の二人はそんな心配もなさそうね。じゃ、仕事の説明するわよ」

「ううう～……こいつ今、私と東雲伊吹のおっぱい見て笑ってたぞ！」

「あら奇遇ね高虎(たかとら)さん。私も同じことを思っていたところよ」

は、ははは……。

二人はほぼぺたんこ。オヘソが見えるようなこともない。

「九重紫月(しづき)、お前のこと何となくいいヤツだと思ってたのにガッカリだぞ。ふんっ」

「え」

九重さんが「いいヤツ」という言葉に反応していた。

人を食ったような微笑が消え去り、子供のように純真な驚き顔が残る。

以前、僕が同じようなことを言った時もこんな顔をしてたっけ。

「――な、何よ急にっ。別にいいヤツなんかじゃないわよ。そ、それより仕事の説明するから、ちゃんと聞きなさいよねっ」

ツンデレキャラみたいなことを言って、頬っぺを赤くして顔を逸らしてる。

悪い噂が先行する自分をプラスで捉えてもらえて喜んでるのかも。こんな可愛げな反応をする人が噂通りの子なわけないよね。

「今日のバイト内容だけど、主には接客よ。あたしは厨房手伝ってるから、出来た料理をお客のところに運んでちょうだい。土日は海水浴客が多いから昼時は結構忙しくて――」

その時だった。厨房の方から女の人の声で、

「こら朱夜！　あなたまた店の飲み物勝手に持ち出して、何度同じこと言わせるの⁉」

その声は九重屋に来た時、僕たちが挨拶した九重さんのお母さんのものだった。

「あとで金払うって」

厨房から出てきたのは、背が高くてクールなモデル系美少女だった。

でも僕は一瞬で彼女が九重さんのお姉さんだと理解する。

九重さんの鋭い目つきを思わせる研ぎ澄まされた鋭利な瞳に、赤褐色のポニーテール。

彼女は九重さんと同じ怖そうなオーラを纏っていて、言われずとも姉だと分かってしまう。

東雲たちも何となくそれが分かるようで、軽く会釈していた。

「うっす」

お姉さんは無愛想に挨拶すると、出口へと向かって歩き出す。けれど九重さんの傍にいる男の僕を見つけると、猛獣のような険しい瞳を向けてくる。

そして彼女はポニーを揺らして僕にどんどん近づき、ガンを飛ばして来るのだが、

「――ぶべっ⁉」

躓いたようで、顔から床へダイブしていた。

「……うっ、くぅ」

彼女は起き上がって顔を拭うと、周囲の視線を感じて赤面し、キッと僕を睨んできた。

僕のせいですか⁉

……この人、クールで喧嘩も強そうだけど、実は超ドジッ子なのかもしれないな。

彼女は逃げるように早足に出口へ向かおうとする。

だがその先には、転がってきたコーラ瓶を持った九重さんが仁王立ちしていた。

「朱夜、あんたまた店のもの勝手に持ち出してんのねっ」

「……関係ないだろ」

妹にそう言われてバツが悪そうな顔をした朱夜さんは瓶を奪い取る。

そして去る間際、俯く九重さんが歯痒そうな顔で言葉を絞り出す。

「泥棒……」

「――っ⁉」

瞬間、彼女の肩がびくっと震えた。

あまりに過剰な反応だったので僕は瞠目する。

朱夜さんは、まるで自分を責めるように唇を噛み締めた後に出て行く。

……大川が言ってたっけ。姉と妹は同時期に不登校になったって。

その理由は、二人でやばい薬にハマってお金がないから、体を売って稼ぐためらしい。

あと関連した噂で、自販機荒らしも彼女たち姉妹と言われている。

でも、この二つの噂は悪意で真実が歪められている気がするんだよね。

二人が同時に不登校になった理由は、きっと他にあるに違いない。

恐らく二人の仲が険悪そうなのも、そこに原因があるんじゃないかな？

あれから店内や外の清掃を行っている間にもお客さんがちらほら入り始めた。

そして昼時、九重さんが言っていたように『九重屋』はラッシュを迎えていた。

「耕介！　焼きそば五人前出来たわよー！」

「育野くん、これは私が持っていくわ。あなたは先に五番テーブルを片してちょうだい」

「わ、分かった！　あと九重さん、七番テーブルの人、生ビール三つ追加で！」

「おい誰か、十番テーブルにオーダー取りに行ってくれ！ 私は今手が離せないぞ！」

「あ、高虎さんあたし行くわ！ あと九重さん、お好み焼きって追加でいける⁉」

最初こそ慣れなかった僕だけど、接客のバイトをしている愛沢などのフォローもあり、今では何とか上手く立ち回れるようになっていた。

東雲は仕事を覚えるのが早くてホールのまとめ役となり、天姉は体力があるので全員をカバーするように動いている。おかげで大きなミスもなく、ここまで来ていた。

けれど、少し忙しいのが落ち着いた頃、問題が起きてしまう。

「きゃあ⁉」

ホールの端の方で愛沢の悲鳴が上がり、パチンと何かを叩くような音が聞こえた。

「愛沢⁉」

すぐそちらを確認すると、怯えた様子の愛沢と、手の甲を押さえる金髪男がいた。

「いってぇーな。おい姉ちゃん、ちょっと手触ったくらいで暴力はねえだろ？」

「あっ、ご、ごめんなさい！」

チャラ男グループの接客中だった愛沢が我に返って頭を下げる。

「ごめんで済めば警察はいらねえだろ。ほら、詫びはいらねえから連絡先教えろって」

「すみません。そういうのは、ちょっと……」

「反抗ってか。へへ、こりゃお仕置きが必要なようだな～。ちょいトイレ行こうや」

「え……やだ、こないでっ」

まずい、好きな女の子がピンチだ。守るって約束したし、僕が何とかしないと！

「あら、うちのスタッフが何か問題でも？」

けど僕より先に、親友の一大事を嗅ぎつけた東雲が動いていた。

「あ、伊吹」

東雲は愛沢を庇うように前に立ち、男と対峙する。

「へぇ。おい、この姉ちゃんもここの店員みたいだぜ。こりゃ悪くねえな——ん、いや」

仲間たちと騒ぐ金髪男だが、ほぼ平らな東雲の胸を見つめ、

「残念。俺たちの中に貧乳好きはいねえんだ。ほら、もう行った行った」

「がははっマジで貧乳だこの女」「貧乳は確かに興味ねえなー」「貧乳は挟めないしな」

「ひんにゅ……何ですって？」

プライドの高いお嬢様が満面笑顔で頬をぴくぴくさせていた。

おいこれまずいぞ。むしろあの男たちの方が危なくないか……？

その時だった。

『お嬢様をお守りしろぉぉぉぉおおおおおおおっ!!』

急に野太い声が聞こえ、店内に謎の集団が雪崩れ込んでくる。

それはガタイが良い屈強な男たち。

スキンヘッドや短髪の強面ばかりで全員がサングラスをつけた海パン姿だ。おかげでお客さんも僕たちもがびびってしまい、厨房から顔を出した九重さんまで唖然としている。彼等は数秒で東雲の周囲を固めていた。

「お嬢様、この男たちに何か問題があるようでしたが」

一人の大男に睨まれ、男たちが「ひぃ」と小さな悲鳴を上げる。

「ええ。忙しい私の親友にちょっかいを出して店の業務を妨げた挙句、セクハラという名の暴力で私の心を傷つけたの。外に連れ出してお代だけもらっておいてちょうだい」

「御意」

やがてチャラ男グループは、大勢の怖い男たちに連行されてしまう。

「あ、あはは……伊吹、助けてくれてありがとね。でも、あの人たちって何者なの？」

「彼等は私専属のボディーガードよ。学校には同行させていないけれど、基本的に人の多い場所に行く際は私の傍を護衛させているの」

店に入りきらないほどいたけど、あれが全部そうなのか。

さすが大財閥のご令嬢ってところか。すごいや……。

「な、何かよくわかんないけど、二人ともまだ忙しいからオーダー頼むぞっ」

「そうよーあんたたちっ。ぼさっとしてないで早くこれ持ってってちょうだい」

突然の出来事に驚く暇もないようで、天姉と九重さんが二人を急かす。

いけない、僕も気を引き締めないと。

あと愛沢(あいざわ)を守るのは本来僕の仕事だ。

もし今みたいなことが起きた際は、今度こそ僕が守ってみせるぞ！

しかしその数分後。今度は僕が絡まれていた。

相手はしかもヤンキーたちだ。

「てめぇ、焼きそばもカレーも売り切れだぁ？　ここは客に満足に飯も出せねえのかよ」

「す、すみません。どっちもついさっき売り切れちゃって」

「それをどうにかすんのが、お前みたいなもやし野郎の仕事じゃねえのかよ？」

やばい睨(にら)まれまくりで怖すぎる。

まだお客さんも多くて忙しいってのに……。

すると忙(せわ)しなく動き回っていた天姉(てんねえ)がこちらの様子に気づいて間に入ってくれる。

「すみませんお客さん。二つともさっき売り切れちゃったんです。ごめんなさい！」

ぺこりと頭を下げる。昔の横暴だった天姉からは想像できないほど丁寧な対応だ。

僕は今の状況も忘れて素直に感心してしまうのだが、

「あ？　大人の話に小学生が出しゃばってんじゃねえよ!!」

「うわぁ……!?」

ヤンキー男の仲間が、勢いよく天姉を突き飛ばしていた。

その先にはテーブルがあり、僕は咄嗟(とっさ)に飛び出して天姉を庇(かば)うように受け止める。

「うぐっっ!?」

おかげで頭を机の角にぶつけ、ぐらっと視界が揺れる。

「あ……こーすけ！　大丈夫か!?」

「つ、うぅ………ま、まあね。……それより天姉、大丈夫？」

「私は大丈夫だぞ！　でも、こーすけが…………………くっ！」

まずい、僕に危害が及んで怒ってる。

何とかしないと今度こそ天姉が怪我しちゃう。

「天姉、ここは下がってて」

「え、でも……こーすけに怪我させた相手なんだぞ！　そんなの許せるわけが――」

「いいから。天姉は女の子なんだ。怪我でもしちゃ大変だろ」

「こーすけ……お前…………っ」

女の子扱いされて嬉(うれ)しいのか、天姉が頬っぺを赤くしてシャツの裾を握りしめる。

僕はずきずき痛む頭を押さえながら立ち上がる。

「あの。女の子に暴力を振るうのは、さすがにやり過ぎじゃないですか？」

「んだと……。てめぇみたいなもやし野郎が、俺たち客を説教しようってか！」

ヤンキーが額に青筋を浮かべ、僕の胸倉(むなぐら)を摑(つか)もうと手を伸ばす。

その時――

「あーあ、たっるーい。店の掃除は朝に終わらせたってのに」

僕の後ろに立つのは気怠(けだる)げに髪を弄(いじ)る九重(ここのえ)さん。

不良たちは一斉に彼女を睨(にら)む。

「あ？　俺らに何か用で――って、いい乳してんな姉ちゃん。なあ今から俺らと――」

「ふんっ――‼」

九重さんが繰り出したのは背負い投げ。

嫌な音がした後に目を開けると、僕に喧嘩(けんか)を売った男が床で伸びていた。

「いっちょ上がりっと。で、あんたたちはあたしとヤる気あるわけ？」

指を鳴らしながら楽しげに微笑む九重さん。

「あのかずくんを一撃で⁉」「やべぇよこの女！」「おい逃げるぞ！」「こ、殺される‼」

ヤンキー男の仲間たちはそれだけでびびってしまい、一目散に逃げ出していた。

「あ、こらあんたたち！　ちゃんとこいつ持って帰りなさいよねーっっ‼」

彼女は伸びたヤンキーを重たそうに引きずり、店の外へと放り投げる。

ようやく店に平和が戻り、気づけば周囲のお客さんが彼女へと拍手を送っていた。

愛沢(あいざわ)や東雲(しののめ)も途中から一部始終を見守っていたようで、同じように手を叩(たた)いている。

「っ⁉　……こ、これくらい、別に何でもないでしょっ」

九重さん、照れて赤くなってるな。彼女はぷいっとそっぽを向くと厨房へと戻る。

噂通りの悪い人じゃないとは思うけど、不良っぽいから喧嘩には馴れてるみたいだな。

僕は頼りになる九重さんが傍にいることで安心し、その後も業務に勤しんだのだった。

「よし、これで完成っと」

ラッシュが過ぎ、僕たちは九重さんに自由時間を与えられていた。

今僕は一人でレンタルしたシートを広げ、その上にパラソルを設置し終えたところだ。

「ふぅー……あちぃ。やっぱり炎天下で動くとすぐ汗だくになるな」

僕は日陰に入って一息つく。

するとそこへ、まずは天姉がやって来る。

「こーすけ、待たせたなっ！」

「天姉――うわ、やっぱりその水着、すごく似合ってるじゃないか」

「そ、そうか？　なんかこーすけに褒められると照れるな……なははっ」

僕が選んであげた水着は少し子供っぽいものだけど、天姉のようなロリっ子体型の女の子の魅力をむしろ引き立てていて、いつもより眩しく見えてしまう。

「こーすけ、それよりさっきはありがとな。私のこと、体を張って助けてくれて……」

「気にしないでよ。別に頭の怪我も大したことなかったし」

「そうか……。じゃあ、せめて何かお礼したい。けど私、お礼できるほどお金もないんだぞ。……だから、その」

「天姉(てんねえ)？」

彼女は僕をちらちらと見上げ、頬っぺをじわっと赤く染め、

「か、体で、払おうと思う」

「あーなるほど体で…………って、ええええええっ⁉」

小柄な天姉が僕へと近づき、まるで「召し上がれ」とでも言いたげに、両手を頭の後ろで組み、無防備な格好になる。

「こーすけが触りたいとこ……す、好きなだけ、触っていいぞ……っ」

目を逸らす天姉は、緊張しているようで表情が固い。

「触っていいって、そんなことできるわけが――」

しかし僕の視線はある一点へと注がれていた。

天姉は愛沢(あいざわ)と違って胸もない。けど部活で鍛えているので体の締まりがすごくて、窪(くぼ)んだオヘソが目立つ真っ白なお腹は無駄な贅肉(ぜいにく)が見当たらずかなり細い。まるで芸術品のようで触れたいと思ってしまう。

くっ……でもダメだ。

助けた見返りに女の子の体を穢すなんて間違ってる。

「天姉、自分の体をそんなふうに使うのはダメだよ。気持ちは嬉しいけどね」

「い、いいんだぞ別に。私だってその、こーすけに触ってもらいたいんだから……」

挑発的な格好のまま、もどかしげに体を揺らして男を誘う天姉。

その後、僕は魅力的な相談を何とか断り、ジュースを奢ってもらうことで天姉に納得してもらっていた。最初は残念そうな天姉だったけど今では笑顔になっている。

「ちょっぴり残念だけど、こーすけがそうやって私の体を大事に思ってくれるのは嬉しいんだぞ。じゃあ私は、ちょっと向こうの店でジュース買ってくるぞ！」

「うん、お願いするよ天姉。あ、ナンパとかには気をつけるんだよ」

天姉は嬉しそうに頷くと、手を振りながらお店へと向かう。

とは言っても、かなり人並んでるし天姉が帰ってくるの時間かかりそうだな。

そんな心配をしていた矢先。

シートに座る僕の背中に声が掛けられた。

「い、育野……お待たせ」

「あ、その声は愛沢。今ちょうど天姉が飲み物買いに行って――ぶぅぅぅぅ⁉」

何の考えもなしに振り返った僕は、破壊力満点のリアルに打ちのめされていた。

周囲の海水浴客も愛沢に視線を奪われ、目が離せないでいる。

「あ、愛沢……！ そ、それって本当に、僕が選んだ水着なの⁉」

確かにこれは僕が選んだものだけど、実際に愛沢が着るとあまりに印象が違い過ぎる。

簡単に言ってしまうと、すごく可愛い上に何よりえろかった。

「え……うん、そうだけど。もしかして、似合ってない感じ……？」

不安げな愛沢が、恥ずかしそうにボリュームのある胸を抱きしめる。

「いやいや、そういう意味じゃなくて！ む、むしろ似合い過ぎなくらいっていうか……」

愛沢の水着はエメラルドグリーン色のビキニに近いものだ。

けれどフリルがあしらわれているおかげで胸の谷間がしっかり見えながらも乳房の形を心なしか隠している。下はV字の先端が見えながらも、超短いフリルスカートで覆われていて、片方で結ばれているので片側の太腿(ふともも)が丸見えだ。

でも水着というよりはファッション性が強いので、愛沢も意識せずに着れるだろうと思ってこれを勧めていた。

「似合い過ぎって、育野にそこまで褒められると、なんか自信湧いちゃうかも……」

緊張よりも喜びの方が勝ったのか、愛沢は胸を抱く腕を解いてくれる。

そして僕によく見せるように後ろ手を組むと、遠慮がちに笑う。

「なんか今、育野に褒められてすごく幸せだった。だから、良かったらもっと褒めてくれる？　そしたら彼氏と海水浴デートする彼女の気持ちも分かると思うし」

「な、なるほど。じゃあ、えーっと——」

今すごくいい感じだ。

ここでちゃんと褒められれば、好きな女の子がもっと喜んでくれるに違いない。

褒め言葉、褒め言葉…………あ、あれ？　何も思いつかない！

「っ……」

ちらっと愛沢が僕を盗み見る。

待たせるせいで、彼女の頬がどんどん紅潮していく。

「——と、とにかく！　今の愛沢、すっっっっごく可愛いよ！」

咄嗟に出たのは簡単な言葉。これじゃ喜んでくれるわけがない。

——でも、

「い、育野……今あたし、すごくここがきゅんきゅんしちゃった」

愛沢が手を当てるのはほっそりしたお腹。顔は真っ赤で何となく苦しそうだ。

「え、きゅんきゅんって、何で？」

訊ねると、愛沢は急に真剣な顔で唸った後、

「うーん何でかは分かんない。でもあたし、育野に褒められると嬉しいみたい。えへへ」

ぐふっ……可愛い。

でもそれって、僕のこと好きだからだったりして……。

——っていやいや！

本当恋愛脳ってこの思考パターン多いな。

そんなわけないだろ。愛沢は学年の二大アイドルの一人。おっぱいが大きくて超可愛い社交的なギャルが僕みたいなオタクを好きになるわけないじゃないか。

すると急に耳元で、

「お待たせ、家畜」

「うわっ⁉」

軽く驚きながら振り返ると、そこには水着姿の東雲がいた。

「何だ東雲か…………………っ」

反射的にそう言った後、僕は二の句が継げなくなってしまう。

東雲は僕へと体を寄せ、

「あら、どうしたのかしら？　私の水着姿を食い入るように見つめてしまって」

「そ、それは……」

どんなえっちな水着を着て僕を誘惑してくるんだろうと思っていた。けど彼女が着ているのは、生地は高級そうだけど特にそれ以外は特徴のない普通の黒ビキニだ。

それなのに僕は目が離せない。その理由は、

「そのビキニ、伊吹にすっごく似合ってる！　とってもシンプルなんだけど、伊吹ってちょー美人だから、簡素なものの方が対比で映える感じよね」

愛沢の言う通りだ。

東雲は全ての者を魅了する大和撫子。今だって彼女が登場したことでさらに視線を集めている。そんな美人な東雲ならシンプルなもので十分だ。だって生まれ持った素材が良過ぎるんだから、そもそも着飾る必要性がない。

誤算だった。

ただのビキニでこれだけ男の本能をくすぐるなんて……。

「ありがとう愛沢さん。それで、育野くんは一言も褒めてくれないのかしら？」

「うっ……おい、当たってるってば」

「え、聞こえないけれど？　感想、ないのかしら？」

むにゅっ。

さらに微乳が押し当てられる。おかげで僕は茹でダコ状態だ。

「か、可愛い！　すっごく可愛いってば！」

褒めることで小悪魔お嬢様はようやく身を引いてくれる。

彼女は黒髪を掻きあげて、

「育野くんは褒め方がなっていないわ。おかげで全く嬉しくないのだけれど」

とか言ってるけど、頬まで染めちゃってすごく上機嫌に見えますよ？

「あはは、伊吹は正直よね。それより、海水浴デートなわけだけど、何しよっか？」

「愛沢さん、それならもう決めてあるわ。まずはこれを使って恋愛経験値アップよ」

東雲が手に持っていたものを見せる。

それは海水浴には欠かせない日焼け止めオイルだった。


「じゃあ育野、お願いね……」

シートにうつ伏せで寝そべった愛沢が、不安そうな顔で僕を振り返る。

「う、うん……上手くできるかは分からないけど、頑張るよ」

僕は緊張を覚えながらも、まずは愛沢の胸紐を解く。

水着がはらりと地に落ち、愛沢のたわわな横乳が露わになる。

ダメだ見るな、見ちゃダメだ。ただでさえ好きな子の地肌に触れるから興奮してるのに、これ以上あがっちゃったら色々と抑えきれるか分からない。

「愛沢、じゃあ行くよ。ちょっと冷たいかもだけど我慢してね」

「……わかった」

愛沢はえっちなことが苦手なので、日焼け止めイベントに消極的だった。

それだけに抵抗感が強いようで、どこか納得いってない様子で返事をする。

僕は手にオイルを出すと、若干手を震わせながら、日光を反射するほど白い背中へと触れる。

「ひゃっ」

冷たかったのか、愛沢がびくっと震えていた。

温かい……それに、吸い付くようにしっとりしてて、すべすべじゃないか。

これが愛沢の地肌。……やばいやばいやばい。

心臓が壊れそうなほど音を立ててる。

「何をやっているの育野くん。まんべんなく塗り広げないと意味がないでしょ」

「わわわ、分かってるってば！　えっと、こう……かな……」

「あっ……んっ……んぅぅ〜〜〜」

オイルを肌に染み込ませるように、僕は優しく手を動かす。

けれど愛沢はこそばゆいのか、その度に全身を跳ねさせる。

「い、伊吹っ、もう良くない？　カップルの気分を味わえればいいんだしっ」

「私は別にいいけれど。でもせっかくの機会だから、もう少し頑張ってみないかしら？

もちろん、愛沢さんはこういうのが苦手だと思うから無理にとは言わないわ……」

以前ラブホに行った際、無理をした愛沢が泣いてる場面を見ているから、強制はしないんだろうな。僕には厳しく接することが多いけど、親友の愛沢にはとことん甘いな。

東雲（しののめ）のそんな一面を見て心が和む中、愛沢（あいざわ）が悩んだ末に、

「そう、よね……こういう機会って滅多にないし、今頑張っておけば後で色々話せそうだもん。じゃあ育野（いくの）、もうちょっとだけお願い」

つまり、もう少しの間、鋼（はがね）のような理性を発揮しろってことですね。

とはいえ、無理をしてでも好きな子の力になりたい。

僕はさらに手を動かしていく。

「はっ、ん……んんっっ……」

滑らかな背を優しく撫（な）で、労（いた）わるように大事に扱う。

「育野……さっきも思ったけど、上手……それに、手つきが優しい……っ」

優しい感じでこそばゆいから、小刻みに震えてるのかな？

僕は少し悪いと思いながらも、そのままオイルを塗り広げていく。

「あっ、んぅぅ……な、なんか、気持ちいい、かも…………はぁ……ふぅ」

愛沢が心地良さげな声を出し、息を乱し始める。

ちょっとまずいぞこれ。

このまま変な声出され続けたら、反応しちゃうかもしれない。

そうなれば二人からドン引きされるだろうし、さっさと終わらせた方がいいな。

僕は速度を上げ、ふくらはぎから太腿（ふともも）に取りかかり、次にお尻の部分を撫で回す。

「ひゃん！　育野、急に激しいよ……ああっ！　ちょっと、待って……ん、ぁあっ！」

だが僕は止めない。

今度はお尻を伝い、脇腹へとオイルを広げていく。

そこからさらに上を目指し、横乳に触れそうになりながらも脇下を撫で、肩の周辺も念入りに整える。そうして最後に背中を一撫でして指先が体を離れた。その瞬間、

「あっ、ンぅぅ～～～～～～⁉」

愛沢が爪先をぴんと伸ばし、ぐぐっと上体を逸らした末にびくんびくんと愛らしく全身を震わせる。やがて力尽きたように、頬をぺたんとシートに密着させた。

「あ、愛沢っ⁉　ねえちょっと、大丈夫⁉」

「はぁ……はぁ…………う、うん。…………っ…………育野、ありがとね」

愛沢は呼吸を整えつつ、胸を抑えてゆっくりと半身を起こす。

僕は彼女に水着の胸紐を結ぶように頼まれたので言われた通りにする。

「あ、あはは。でも育野、本当に優しくてすごく上手だった」

照れ隠しのように笑う愛沢。その顔は火照っていて赤い。

「え、そうかな？　でも喜んでもらえたなら良かった」

愛沢に褒められちゃったよ。何か嬉しいな。

「へぇ、そんなに育野くんはテクニシャンなのね。じゃあちょうどいいから、私もお願い

しようかしら？」

「え！　東雲のも僕がやるの⁉」

「そうよ。どのみち今から私も塗るのだから、お願いしてもいいでしょ？」

「あ、確かにそうよね！　ねえ育野、せっかくだからやってあげて！」

そんな……愛沢に塗るだけでもいっぱいいっぱいだったのに。直後に東雲の体にもオイルを塗るだなんて僕の精神力が持たない。けどこの雰囲気、断れそうにない感じだ……。

しかし、そこで助け舟が入る。

「お嬢、こんな貧弱そうなもやし野郎に肌を触らせるもんじゃありませんぜ」

「きゃああ⁉」

突然現れたのは、赤いスーツを着たゴリラのように厳めしいサングラス男。

愛沢が驚き、咄嗟に僕の後ろへ隠れていた。

「九鬼丸。あなた見た目が怖いのだから、あまり姿を見せないでと言ったはずでしょう」

「へい。ですがお嬢、こんな貧弱もやし野郎に肌を触れさせるのは――」

途端、東雲が男の頬を思いっきりつねっていた。

「いでででっ！　お、お嬢！　何でつねるんで……⁉」

「うふふふ。さあ、分からないわ。なぜか頭に来たから、とりあえずつねってみたのだけれど」

東雲、僕をバカにされたから怒ってるのかな？

もしそうだったら嬉しい。東雲に大事に思われてるってことなんだから。

――まあ、ペットとしてだろうけど。

「つぅ………す、すいやせんでした。お嬢のご友人に無礼な発言をしちまって」

「分かればいいのよ」

「あの、伊吹……それでこの人は？」

「私が幼い頃から身辺警護を担当している九鬼丸正道。これでもSPのまとめ役を務める有能な人物なの」

「どうも、九鬼丸と申しやす。以後、どうぞお見知りおきを」

「こ、こちらこそよろしくお願いします」

僕は後ろで怖がる愛沢の代わりに笑顔を引き攣らせながら挨拶する。

九鬼丸さんは、そんな僕の態度が気に食わなかったようで、ずいっと顔を寄せてくる。

「おい小僧。勘違いすんなよ。俺はお嬢の前だから礼を尽くしただけだ。本当ならな、お前みたいな男からお嬢を守るのが俺の役目。もしお嬢に何かあれば、今は亡きお嬢の親父さんに顔向けできねえからな」

「いや、僕は別に東雲に何かしたりは……」

「たとえそうでもな、俺はお前をお嬢に近づけたくないんだよ。なぜかって。そりゃあお前あれだ。最近お嬢は帰ってくる度にお前の話ばかりしてる。ああ見えてお嬢もお年頃だ。何か過ちが起こってからじゃ遅いだろうが」

「え、東雲が家で僕の話を……？」

「ああ。いつも帰る度に上機嫌で、育野耕介があーだこーだとそればっかりで――」

「九鬼丸」

「へい？」

ずぶっっっ。

「ぎゃあああああああああああっ⁉」

九鬼丸さんは目潰しを喰らっていた。

東雲は倒れ込んだ彼を笑顔で見下ろし、

「余計なことを話さなくていいわ。それより、部下を見習って護衛任務に徹しなさい」

「ぐっ……し、しかしお嬢。俺は亡き親父さんのためにも、このガキにお嬢の肌を触れさせるわけには――」

「そう。じゃお爺様に報告しておこうかしら。最近、護衛班に不明瞭な支出があるってことを。――熟女キャバクラ、好きなんですって？」

瞬間、九鬼丸さんの顔が青ざめた。

「おいお前ら！　しっかりお嬢を護衛しろよ‼　ではお嬢、ご友人と有意義な時間を」

九鬼丸さんは恭しく頭を下げると、一目散に東雲から遠ざかる。周囲をよく見ると、海の家に突撃を仕掛けたサングラスに海パン姿のゴツい人たちがうろちょろしていた。

「ねえ伊吹。九重さんに悪い噂があるって話してた時、対抗措置を施すから大丈夫って言ってたけど、それってあの人たちのこと?」

「ええ、そうよ」

「やっぱりか。でも確かに、あれだけイカツい人たちが護衛で傍にいてくれれば、もし何か起こった際も安心だよね」

「うん、それは育野の言う通りかも。でも逆に怖いけどね……あはは」

愛沢は男性恐怖症だからな。

あれだけ体格の良い人たちが傍にいれば怖くて当然だ。

「――それより育野くん。準備はできているから早く塗ってくれるかしら」

「うわっ⁉　い、いつの間に……」

東雲は既にビキニの紐を解き、シートに寝そべっていた。

僕は仕方なく傍へと屈んで準備をし、ごくりと喉を鳴らす。

「――――じゃあ、始めるよ」

「ええ、お願いするわ。ちなみに、私には毎晩、プロの女性エステティシャンがついて肌の手入れをしてくれるの。だからあなたがどの程度上手なのか、この私が見極めて」

僕は東雲の背中に触れていた。

「ふぁあっ⁉」

「…………え？　…………東雲、今変な声出さなかった？」

「…………だ、出していないわ。気のせいじゃないかしら？」

でも確かに聞こえた。それに東雲の全身がびくんと波打った気がする。

まあいいか。さっさと終わらせないと気力が持たない。

僕は背中を撫でていく。

「うっ……くぅぅ……っ⁉」

あれ？

愛沢の時のように敏感に反応しちゃってるぞ。

「ね、伊吹。育野すごく上手でしょ！　優しくて、なんか気持ち良くない？」

「ま、まあ、そうね……確かに気持ちよくて——ひあっ⁉　……んんぅっ」

ほっそりしたウエストを通って腰元を撫でると、スリムなお尻がびくんと跳ねる。

東雲、こそばゆいんだろうな。

でもプライドが高いから、必死に唇を噛み締めて声を我慢してる。

その様は実に官能的だ。

やっぱり早く終わらせないとまずいな……。

僕は急ぐ。

「はっ、あぁ！　ちょっと、育野くんっ、そんなに激しくされたら……あ、うぅん！」

ごめん東雲。

敏感な反応されたら色々と抑えきれそうにないんだっ。

僕はきめ細かな肌の質感を感じながら、優しくも激しく体を撫で回す。

「も、もういいわっ。やめなさい……あぁ、こら、もういいと言っているでしょう」

東雲が起き上がる体勢を取る。それと同じくして、作業を終えた僕の指が体を離れた。

そして――

「あぁぁぁぁあ～～……ッ」

押し殺した声が響く。東雲は起きかけの中途半端な体勢でびくんびくんと震え、首元からさらりと落ちた黒髪が顔を隠し、やがて耳だけがじわじわと朱色に染まる。

東雲が落ち着くのを待って、愛沢が心配そうに、

「伊吹、途中からあたしと違って、すごく苦しそうだったけど大丈夫？」

確かに苦しそうだった。

てか東雲って、実はかなり敏感なのかも……。

東雲は呼吸を整えた後。

胸元を隠した状態で、背を向けてゆっくりと半身を起こす。

「……愛沢さん、心配には及ばないわ。でも育野くんは確かに、女性の体を扱うのが上手なようね。人は何かしら才能があるようだけど、これにはちょっと驚いたわ」

「まあそんな才能が本当にあったとして、何の役に立つか分からないけどね」

僕は苦笑しながら、東雲のビキニの紐を結んであげる。するとそこへ、

「おーいお前たちー！　ジュース買って来たぞ〜〜！」

「あ、おかえり天姉っ。あれ？　いくつかあるけど、それって皆の分？」

「そうだぞっ。今からいっぱい遊ぶから喉渇くだろ？　だから東雲伊吹と愛沢愛羽の分も買ってきたんだ。あ、もちろん、こーすけ以外のやつからはお代徴収するけどなっ」

「高虎さんちょー気が利く！　ありがとね、今お金払うから」

愛沢はシートに置いていた鞄から財布を取り出し始める。

天姉って昔は自分のことしか考えてなかったけど、本当に成長したよなあ。

僕が感慨に耽っていると耳元で、

「育野耕介、早く私のペットになりなさい」

火照った顔の東雲に囁かれていた。

「っ……な、なんだよ急に」

「だって意外な能力があることも分かったのだし、ますます欲しくなってしまったわ。そうね、もし今日中に私のペットになれば、夜の相手をしてもらおうと思うのだけれど」

「よよよ、夜の相手……⁉」

「ええ、そうよ」

東雲は二人が見てないのをいいことに、僕の胸をいやらしい手つきで撫で回す。

「大財閥のお嬢様という肩書きは色々と疲れるの。だから溜まったストレスを発散させてくれないかしら。例えばそうね、ちょっとしたエクササイズを交えたりして」

何かを訴えるように微乳を胸に押しつけられる。

夜にちょっとしたエクササイズって……え、えろいことしか思いつかないんですけど。

僕は東雲とあんなことやこんなことをして汗をかく場面を想像してしまう。

「興味があるようね。なら、さっさと私を好きだと認めて、奴隷ペット契約を結びなさい。そうすれば、主人である私の体を多少好きにさせてあげてもいいわ」

「ふん、僕が東雲の誘惑に乗るわけないだろう。甘くみないで欲しいね」

何だそれすっごく魅力的な相談じゃないか！

今の僕は、愛沢と同じくらい東雲にも好意を抱いてる。だから東雲の奴隷ペットという役に魅力を感じてしまう。

「今日中に答えを出しなさい。でないとこの好条件は白紙よ」

……東雲と恋人のようにいちゃいちゃしたいなら、今日決めないとダメなのか。

愛沢か東雲か。僕はどっちを選ぶんだ？

正直決められる自信がない。

「それじゃあジュース飲んだらビーチバレーするぞ！　ほら、恋人同士でも多分するだろ、ビーチバレー！」

「あはは、そうね。まあ、やらないことはないと思うし、じゃあやろっか」

愛沢がそう言う間にも、天姉はふぅふぅとボールを膨らませていた。

「家畜、今日中にだから――高虎さん、ジュース代、私も払っておくわ」

もう一度念を押された後、僕は皆とジュースを飲んで喉を潤わせる。

「じゃあ、向こうの方でやりましょうか。九鬼丸、ちょっと来なさい」

「――へい、お嬢お呼びで？」

「私たちは向こうで遊んでいるから、護衛班を均等に二つに分けて、一方にこのパラソルの下の貴重品を管理させてちょうだい」

「お嬢、貴重品の管理にそこまで人員を割かずとも良いのでは」

「いいえ、ダメよ。あれを見てちょうだい」

話を横で聞く僕たちも、東雲が指さした方向を見る。

そこには、とある真新しい看板が立っていた。

「えっと、『置き引き注意　最近この一帯でスリによる窃盗が多発しています。貴重品の管理にはくれぐれもご注意ください』か。なるほど――東雲、だから警戒するわけだね」

「ええ、盗られてからじゃ遅いもの」

「そうよね。じゃあえっと……お願いします！」

愛沢は男性恐怖症でありながらも、礼儀正しく頭を下げる。

「あいよお嬢ちゃん。ここは俺らに任せて楽しんできな」

「よし、じゃあ行くぞお前たち！　そうだな、普通にやっても面白くないから、動きにくい海の中でビーチバレーやるぞ！」

「ははは……さすが天姉。体育会系なだけあってストイックなこと思いつくよね」

そうして僕たちは海の浅瀬へと向かう。だがその途中で、

……ん？　あれって九重さんのお姉さんだよね。

くすんだ赤髪をポニーに結った長身美人には見覚えがあった。帽子を目深に被っているけど、九重さんと同じ近づき難いオーラを放っているので分かりやすい。

火バサミとゴミ袋を持ってるってことは、ゴミ拾いしてるのか。

でも、なんか様子がおかしいぞ……。

挙動不審というか、執拗に人の目を気にしているというか、

――まるで、盗みやすい金目のものがないかを探しているような――

………って、考え過ぎか。

九重さんはいい人っぽいし、お姉さんだって見た目は怖いけど実はいい人に違いない。

僕はそう自分を納得させて、海水浴デートに集中することにした。

今日は快晴だが、海は少し荒れ気味で時折激しい波を送り出してくる。

その度にバランスを崩しそうになるが、そんな中、僕らはビーチバレーをしていた。

「ほーら行くぞこーすけ――とっっっりゃあああああっ‼」

「ふごぉおおおっ⁉」

十回落としたら罰ゲームというルールの下、僕たちは遊んでいる。

今、天姉のスパイクが僕の顔面へと決まったので、これで僕は八回目の失敗となる。

そして再びボール回しが始まり、東雲のターン。

「育野くん、私のスパイク受け切れるかしら？」

高々と上がったボールの下、東雲が完璧でいて華麗な跳躍を見せる。

飛沫を上げながら光り輝く真っ白な太腿。

それが海面から急に覗き、僕は思わず食い入るように見つめてしまう。

まるで人魚みたいだな。

頭から爪先まで美しくて、直視するだけで石化しそ――

「んごおおおおっ⁉」

魔球だった。凄まじい回転数を誇るビーチボールは僕の顔面を削り、数メートル後方まで吹き飛ばしてしまう。完全無欠なお嬢様は万事の真髄を極めているらしい。

「い、今の速すぎて全然見えなかったんだぞ！」

「育野……！　大丈夫⁉」

「あら、ごめんなさい。力の加減を間違えてしまったわ」

「嘘つけ！　今絶対本気でやったよね⁉」

「嫌だわ。そんな怖いことするわけないじゃない。そんなことより育野くん。あなたはこれで九回目の失敗よ。罰ゲーム、何にしようかしらね？」

東雲が黒髪を優しく撫でつけながら、愉快げに微笑む。

「そういえば決めてなかったな！　うーん、とりあえず後の楽しみに取っておくかっ」

天姉や愛沢が決めてくれればいいんだけど。

ドSな東雲が決めることになれば、とんでもない罰を設定するに違いない。

あと一回もミスしないように気をつけないと……。

ボール回しが始まり、今度は愛沢にチャンスが訪れていた。

けれど愛沢はちらっと僕を見つめた後、

「あ、ごめん。ちょっと日差しが目に入っちゃった……はい、育野っ」

トン、と柔らかなレシーブ。明らかに僕を気遣ってくれていた。

天使だ………愛沢って本当に天使だっ！

空に舞い上がったボールが弧を描いて落下し始める。けど僕はそっちを見ていない。

視界に映すのは、愛沢の豊満なおっぱい。その動きがスローモーションで流れる。


……巨乳を寄せて、レシーブ…………だと？


両腕に挟まれるようにして盛り上がった乳房は深い谷間を作っていた。

しかもレシーブした反動で、肉感のある二つの膨らみが柔らかさを強調するように揺れている。それは皿に出されたプリンのような動きで、心が幸せで満たされていく。

すごい……海水浴デート、マジで万歳。

「いたっ」

直後、ビーチボールが僕の頭に当たってぽちゃんと海面に落ちていた。

「なははは！　こーすけ、お前何やってるんだ。今のはすごく簡単なボールだったぞ」

「何かに夢中で集中力がなかったようだけれど、一体何を見ていたのかしら？」

「育野……」

罰ゲームが決定した僕を、愛沢が残念そうな顔で見ている。

くっ……愛沢の想いやりに応えられなかった。おっぱいってマジで怖いな。

とはいえこれは僕のせいだ。天使過ぎる愛沢の心遣いを無下にした罪は重い。

ここは潔く罰ゲームを受けようじゃないか。

「じゃあこーすけ罰ゲーム決定だぞ！　こういうの久々だから、どんなのにしようか迷っちゃうな。うーんと、うーんと…………なはは、なんか楽しくなってきたぞ！」

と、その時だった。

愛沢(あいざわ)が顔色を変えて沖合を指さし、

「み、皆！　あれ見て……！」

僕たちの視界の先に、目を瞠(みは)る程の高波が押し寄せてきていた。

ちょ、ちょっと待て！

確かに波は強かったけど、あれだけのビッグウェーブがくるなんて！

それは轟々(ごうごう)と音を立て、瞬く間に目の前まで迫って大きな影を落とす。

皆は呆気(あっけ)にとられて頭上を仰ぎ、誰一人一歩も動けない。

の、乗ろうとさえ思えないだろ、こんなビッグウェーブぅぅぅ……!!

「うわぁぁ～～～～～～～～～～っ!?」

ざぶんという音と共に、一番小柄な天姉(てんねえ)が波にあっさり攫(さら)われてしまう。

彼女は浜辺まで押し返されて打ち上げられると、勢いでころころと砂浜を転がった。

「くっ……て、天姉ぇー！　大丈夫っっ!?」

「う、うぅぅ…………なん、とかな…………んぅ～！」

天姉が砂まみれになった小ぶりなお尻をもたげ、ぶるぶると顔の砂を払う。

僕は流されなかったけど、前方にいた二人が心配になったので振り返る。

「見ないで育野っ！」

「っ…………愛沢…………その格好」

見ないでと言われたものの、既に見てしまっていた。

今の高波で流されてしまったんだろう。

愛沢はビキニを消失し、両腕では隠しきれないほどの乳房をぎゅっと抱きしめていた。

「……見ちゃ……ダメだってばぁ」

か細い声で鳴く真っ赤な愛沢。破廉恥なことが苦手なので涙目になっている。

質量があって腕から零れ落ちそうな双丘に目が行きそうになるけど、僕は愛沢のために理性で欲望を抑えつける。

「育野、浜辺の方に流された水着、取ってきて。じゃないと、あたし……」

愛沢、恥ずかしすぎて今にも泣きそうな勢いだ。早く何とかしないと！

けどその時。愛沢の傍に立ち、全く被害に遭っていなかった東雲が、

「育野くん、私の水着も流されてしまったわ」

自分でビキニの胸紐を解くと、ぽいっと岸の方へと投げる。

それは波に乗り、あっという間に流されてしまう。

「急に驚いたわ。おかげでこんな破廉恥な格好を育野くんに見せることになるだなんて」

異様に艶（つや）があって艶（なま）めかしい体の要所を隠し、妖しく笑う東雲（しののめ）。

東雲のやつ、僕の気を引くためにわざとやったな……。

とはいえ、手ブラで胸を隠す東雲がえろ過ぎて目が離せない。

「二人の水着拾ったぞ！　てか東雲伊吹（いぶき）、お前今、わざと水着取っただろ⁉」

天姉（てんねえ）が怒った様子でこちらへと迫る。しかし僕の手前まで来て、

「ぬわっ⁉　…………うぷ、んんぅ…………たすけ……てっ！」

「天姉っ！」

急に溺れ出した彼女を僕はお姫様抱っこで救出する。

「こほ、コホッコホッ……な、なんかここ、急に深くなってたんだぞ」

僕が今いる場所は腰まで水位があるので、小柄な天姉には厳しかったようだ。

「天姉は元々泳げないんだから、気をつけないとダメじゃないか」

「こーすけ……う、うん。心配かけて悪かったぞ……」

天姉はしばらく僕を見つめた後、赤くなって目を逸らす。

「ん、ンぅぅ……それより、こーすけ……怖かったから、もうしばらくぎゅっとしてて欲しいんだぞ」

すっぽり僕の胸に収まる天姉が、恥ずかしげに体を揺する。

「そっか。えーっと、じゃあちょっとだけ……」

愛沢に早く水着を返してあげないと可哀想だ。でも天姉も放っておけないわけで。

僕は天姉を抱く手に力を込める。露出した肌は生温かくてとても柔らかい。

すると愛沢が、苦笑しながらどこか冷静な声色で、

「あの、高虎さん。とりあえず水着、返してくれない？」

「愛沢さんの言う通りよ。育野くん、早く高虎さんを離しなさい」

愛沢はいいとして。

東雲の発言にどこか棘を感じる僕は、急いで天姉を下ろしたのだった。


「あ、暑い……」

僕は罰ゲームの前準備として、顔だけ出す形でビーチに埋められていた。

じりじり照りつける太陽のせいで肌が痛いし、すごく喉渇いてきた。

ちなみに砂に埋める作業は護衛班の人たちがやってくれた。

その間、東雲たちは飲み物を取りに行ってくれたので今はここにいない。

うぅ、干からびちゃいそうだ。お願いだから早く戻ってきてくれ……。

そんな僕の願いが通じたのか、彼女たちが戻ってくる。

「はぁー、ジュース美味いぞ。こーすけ、お前の分もちゃんと持ってきてやったぞ」

「育野、動いたから喉渇いてると思うし、あたしが飲ませてあげるわね」

「あ、ありがとう愛沢っ……!!」

愛沢さんマジ天使っっ！

僕を心配しているのか物憂げだし、本当に他人を気遣える優しい子だよな。

「育野くん、その前に罰ゲームよ」

「げっ、東雲……」

「嫌そうな顔するなんて心外だわ。私もあなたが喉が渇いてるだろうと思って、水分補給できるものを持ってきたというのに」

「え、東雲……僕のこと心配して飲み物持ってきてくれたの？」

そっか。愛沢も優しいけど、東雲も何だかんだで僕には優しいとこあるんだった。

「で、東雲。飲み物はどこに？」

「これよ——九鬼丸」

「へい、お嬢っ」

僕の顔の真横——一メートルほど離れた場所に、九鬼丸さんがブツを下ろしていた。

「東雲、それって西瓜だよね……？」

「見ての通りそうよ。西瓜という食べ物は水分をかなり多く含んでいるの。果汁も甘いのだし、ジュースと一緒じゃないかしら？」

「まあ水分補給できる点では一緒だけどさ……。そ、それより喉渇いてるから、愛沢のジユースか、東雲が持ってきた西瓜をもらえるとありがたいんだけど」

「そうよね。じゃあ西瓜は準備に時間かかるから、あたしのジュースを」

「あ、ずるいぞ愛沢愛羽（まなは）！　こーすけには私が飲ませるんだ！」

「待って二人とも。育野くんの罰ゲームはこれからと言ったでしょ。飲み物はその後よ」

そして数分後、僕は西瓜割りの的になっていた。

木の棒を持った天姉（てんねえ）が目隠しをし、既に前方でスタンバイしている。

「ちょっと待てよ東雲！　本当にやるのかこれ⁉」

「そうよ伊吹（いぶき）っ。罰ゲームなのは分かるけど、育野に当たったら大変じゃない……」

「大丈夫よ愛沢さん。西瓜に軽く棒を当てればそれで割ったことにするから」

「私はこういうの得意だから大丈夫だぞ。こーすけ、一発で決めてやるから安心していいぞっ！」

ぶんっぶんっ！

粉砕する気満々ですよねっ⁉

とはいえ――良かった。棒で軽く当てるだけなら安心だ。

それに天姉は運動神経がいい。言葉通り、一発で仕留めてくれるに違いない。

天姉が結構早い歩調で一直線に西瓜へと向かう。けれど、

「ふごっ……⁉」

天姉は小さな足の裏で僕の顔を踏んで彷徨った後。僕の頭上目掛けて、

「え……ちょっと！　天姉⁉」

「えええええええええええええええいっっっ‼」

「うわあああああああああああああああっっ⁉」

力いっぱい得物が振り下ろされていた。砂塵が勢いよく舞い、僕の顔に降り注ぐ。

天姉は西瓜を捉えた感触がなく、目隠しを外す。

「あ、あれ？　なはは……こーすけ、調子悪いみたいだからもう一回させてくれ」

「調子悪いならトライしないでお願いだからっ‼」

今度は愛沢の番。

西瓜の位置をすごく真剣な顔でしっかり確認した後、目隠しをする。

愛沢が目隠ししてる。金髪巨乳ギャルが自分で目隠し……なんか卑猥だ。

僕に怪我をさせるわけにはいかないという気持ちが強いんだろう。

愛沢はかなり慎重に歩く。やがて全く進んでないのに軽く木の棒を握りしめ、

「え、えいっ」

緊張した様子で、虫も殺せないような力加減で砂の上を叩いていた。

愛沢はやがて目隠しを取る。

「——あはは、全然手前だった。ごめんね育野、終わらせてあげられなくて」

いいよ愛沢。僕のこと傷つけないようにしてたのが痛いほど分かったし。

何よりすごく可愛いから許しちゃう。

「じゃあ次は私の番ね」

……東雲（しののめ）か。運動神経はかなりいいけど、なんか不安だな。

彼女は目隠しをすると動き出す。

しかしおかしい。

西瓜ではなく、見えているかのように僕へと一直線に迫る。

「早く育野くんに西瓜を食べさせてあげたいわ。そうね、ここら辺かしら」

つんつんと棒の先で、とある場所をつつく。そこが何かと言えば、
ちょっと待てちょっと待てちょっと待て！　そこ、僕の大事な場所なんですけど⁉

男のシンボルともいえる場所だ。でも東雲は知ってか知らないでか、棒を振り被り、

「間違いないわ。多分ここね――――っ‼」


やめろぉぉぉぉぉぉぉおおおおおぉぉぉぉぉぉおおおおおおおおっ‼


僕は終わりを悟って声さえ出なかった。そして僕のヴァジュラを得物が捉える瞬間。

「――ここかと思ったけれど、すごく大切なものを失いそうな気がしたからやめておく

わ。……多分、こっちね」

まるで見えているかのように西瓜の前へと移動し、軽めに中心をトンと叩く。

「──やっぱり、正解だったわ。うふふ」

……わ、分かってやってませんでした？

僕は突っ込む気力もなくて、その場でぐったりしてしまう。

やがて西瓜が小さめに切られ、天姉が子供のようにはしゃぐ声が聞こえる。

「育野、すぐ出してもらえるようにするから、とりあえず先に西瓜食べさせてあげるわね」

「あ、愛沢。……ありがとう、すごく助かるよ」

体力的にも精神的にも消耗してるから、余計に愛沢が眩しく感じちゃうな。

「はい、あーんして」

屈んだ彼女が西瓜を差し出す。

学年で人気のある美少女に水着姿で面倒みてもらえるなんて、僕って本当に幸せ者だ。

感激しつつ口を開ける。だが西瓜が入ってこない。

「……ねえ育野。今日のこれって、一応デートなわけよね？」

「え、そうだけど。愛沢、そわそわしてどうしたの？　顔も赤いし……」

「っ…………………じゃ、じゃあっ！」

悩ましい顔をしていた愛沢が、自分の心を引き締めるように怖い顔をして。

僕の頭を自分の太腿に載せ、膝枕してくれていた。

ふんわかしててさらさらな太腿は、心地良くて高級ベッド並みの弾力がある。

「あ、愛沢⁉ きゅ、急に何を……⁉」

「だ、だってしょうがないじゃん。デートなんだから、それっぽいことしないとだし」

愛沢は恥ずかしさを誤魔化すように僕の口へと西瓜を運ぶので、とりあえず口にする。

「……育野、美味しい？」

「う、うん。すごく美味しいよ」

美味しくないわけがない。だって頭上には愛沢のマシュマロのようにふっくらしたおっぱいがあるんだ。大き過ぎて愛沢の顔が見えず、日傘の役割を担っている。そんな絶景を前に西瓜を食べて不味いわけがない。

「えへへ、良かった。脱水症状起こしても怖いから、全部ちゃんと食べてね」

……おっぱいがしゃべってる。

顔が見えないからそんな錯覚に陥っちゃうな。

その時、乳房の外円を滴る汗の雫が下乳で留まり、谷間を伝った雫と重なり落下する。

――⁉

頬っぺたに、愛沢のおっぱいから滴った汗が…………‼

幸せだ。幸せすぎる。今なら僕、死んでもいい気がする。

海水浴デート初日なのに既にお腹いっぱいだ。

そして楽しい時間が過ぎていく。

夕方。昼間の賑わいが嘘のように、ちらほらとしか人がいない茜色のビーチ。

僕たちは仕事を終えた九重さんに道向かいの九重荘——彼女のご両親が経営されている民宿——に案内してもらっていた。そして今、僕は一人で砂浜を歩いている。

「えーっと、九重さんどこかな?」

民宿にも海の家にもいなかった。

ちなみに天姉たちは海水のせいで体がベタベタするとのことだったので、今は民宿のお風呂に入っている。僕は部長なので、今日の仕事でやり残したことがないかと、明日の仕事の確認をするため、こうして九重さんを探していた。

すると、ビーチと車道の間に設けられた短い階段に、彼女の姿を発見する。

……座りこんで何かやってるな。しかも、かなり集中してるみたいだ。

僕は邪魔しちゃ悪いと思い、車道の方へと出て近づき、後ろから覗き込む。

あ、スケッチブックに絵を描いてたのか。……でも、これ。

水平線上に太陽が沈んでいく風景画。

それはとても美しくて写真のようにリアルだ。

「へぇ、九重さんってすっごく絵が上手いんだねっ」

「えっ——わっわ⁉」

驚いた九重さんが、スケッチブックを落としそうになってあたふたして振り返る。

「——ここ、耕介（こうすけ）！　なんであんたがここにいんのよ⁉」

「ごめん。九重さんに用があったからさ」

スケッチブックを抱く九重さんは、隣に腰掛ける僕を驚いた顔のまま見つめる。

やがて彼女は我に返ると、ツンケンした赤い顔でふわふわの赤髪を払う。

「ふ、ふん……それで、あたしに用って何なわけ？」

「まずは今日のお礼かな。自由時間、忙しい時間帯に取らせてもらったから」

「あんなの別にいいわよ。今日くらいの量、いつもあたし一人でさばいてるし」

「え⁉　昼時のあの量をいつも一人で……？」

四人でもしんどかったのに、あれを一人でとか信じられない。

「——あっは。耕介、ちょっと驚き過ぎ。そうよ、あんなの慣れだってば」

ようやく本来の調子を取り戻してきた九重さんが、ひらひらと手を振る。

……待てよ。一人でも大丈夫なら、何で僕たちを手伝いで呼んだんだ？

例の噂通り、友人を不良の元へ連れていくため、とか――いや、まさかね。

でも僕は一つだけ気になることがあった。

「九重さんってさ、お姉さんの朱夜さんとは仲悪いの？」

「ああ、朱夜のこと……そうね、まあそんな感じ」

やっぱりか。今朝、すごく険悪そうだったもんな。

「……って言っても、少し前までは普通に仲良かったのよ。いつも何かある度に拳と拳で喧嘩してたけど、別に険悪な感じじゃなかったわ」

「え、それ仲良かったっていうの……？　まあ喧嘩するほど仲が良いとは言うけどさ」

九重さんは頬杖をついて夕陽をぼぉっと眺め、

「ただ、中間テスト明けに色々あって、それで今朝みたいな状態が続いてんの。……本当、朱夜ってばバカなんだからっ」

怒りを秘めた顔で唇を噛み締める九重さん。

九重姉妹が不登校になった時期は中間テストが明けた頃と聞いている。

じゃあやっぱり、その時にあった色々ってのが二人が不登校になった原因か。

話を聞きたいけど、さすがに憚られて聞けないな。

気まずさもあって、しばし会話が途切れる。

そんな中、僕は風景画の右端に奇妙な動物が描かれていることに気づく。

「九重さん、その動物って何？　絵の中でそこだけすごく空気が違うんだけど」

「ああ、これ――」

九重さんは昔を懐かしむように明るく微笑み、どこか無邪気な子供のように、

「これ、猫ライオン。昔、朱夜があたしのアイス食べた時に、近所にお腹を空かせたライオンのような猫がいたからあげたって言い訳した時があったのよ。それがおかしかったから、騙されたフリして描いてもらったのがこれってわけ。可愛いっしょ？」

朱夜さんとの思い出を語る九重さん、すごく楽しそうだ。

お姉さんと仲が悪くなかったっていうのは本当みたいだな。

「うん、奇抜だけど確かに可愛い……かな？」

猫なんだけど、顔に百獣の王のような鬣が生えた謎の生物。

「猫ライオン、可愛く描けてる。でも僕は、風景画の方が好きだけどね」

「あっ」

警戒心ゼロだった彼女は、スケッチブックをサッと引いて頬を赤らめる。

「こ、こっちはどうでもいいでしょっ。……別に、上手くないわけだし」

「いや十分上手いって。それに、どうでもはよくないかな」

「え……？」

飾った様子なくきょとんとする九重さん。

僕は絵を見て確信していた。

「だって、九重さんはこんなに綺麗な絵が描けるんだ。それを周囲に知ってもらえば、変な噂とかなくなると思うんだよね。これだけ繊細なものを描ける人が、噂のようなこと絶対してるわけがないし。…………噂を止める方法、何かないかな」

少し残っていた彼女を疑う心が、絵によって完全に払拭されていた。

九重さんが不登校になったのは心ない噂が立つせいというのもあると思う。

だから純粋に力になってあげたかった。

――すると。

「耕介……あんた…………………………っ」

目元を震わせた九重さんが急に涙を流し、それを拭っていた。

喧嘩が強い彼女が頬を濡らす様はとても女の子らしくて驚くと共に、僕は焦りを抱く。

「あ、え……？　ぼぼぼ、僕、なんか傷つけるようなこと言っちゃった⁉」

愛沢との初回デートの時も色々やらかしたし、気づかないうちに何かまずいこと言ったのかも。雑誌とかを読んで勉強してるけど全然ダメだな僕……。

「ううん、違う。……ちょっと、嬉しかっただけ」

おろおろする僕を見て、彼女は涙を拭いつつそう呟く。

……要するに嬉し泣きってこと？

良かった、傷つけたわけじゃないのか。

やがて彼女は泣きやみ、頬を染めて恥ずかしげにスケッチブックを抱きしめる。

「……ホント、耕介って変わってる。あたしのこと気遣ってくれるのは、朱夜(あけよ)くらいだったのに」

その理由は何となく分かる。

九重さんは喧嘩が強いし、学校では特に不機嫌オーラがすごい。

だから皆が絶対強者と勘違いして、弱い部分なんてないって思うんだろう。

「今まで、男子はあたしを喧嘩の道具として利用するだけだった。必要ない時は怖がられて、女子も含め近づくやつなんていなかった。いたとしても体が目当ての最低野郎ばっかり。でも耕介は……純粋にあたしのこと、心配してくれてる……」

さらにぎゅっとスケッチブックが抱きしめられる。

おいちょっと待て。なんだこの雰囲気。

ギャルゲーでヒロインに想いを告げられる時のようなこそばゆい会話の流れ。でも僕の言葉で嬉し泣きしたくらいだし、もしかして僕、今から九重さんに告白されたりして……。

いやいや何考えてるんだ。そんなことあるわけないだろ？

…………けど、いや、もしかしてってことがあるかもしれないし……。

僕が混乱する中、彼女は静かな口調で、

「耕介みたいな男、初めて――だから」

彼女が顔を寄せてくるのが分かった。僕はゆっくりと隣を見る。

九重さんがもじもじしながら色濃く頬を染め、戸惑うように遠慮がちに僕を見つめ、

「ねえ耕介。えっち、しよっか?」

告白なんて可愛いものじゃなく、えっちのお誘いだった。

「え、えええ、えっちって! は、はあああっ⁉」

大げさに驚く僕を見て、九重さんは目をまん丸く見開き、微笑を零す。

「あっは、耕介てんぱってる。可愛い♪」

二の腕にむにゅっと乳房が押し当てられる。見事に挟まれていてすごく柔らかい。

なんだ、なんだこの状況⁉

前に似たこと言われたけど、あの時は冗談っぽかった。

でも今は僕の目を熱っぽく見つめ、ふざけながらもどこか真剣な感じだ。

「ここここ、九重さん⁉ ちょ、ちょっと、何やってるんだよ……!」

「だーかーらー。えっちしよって言ってんの。なんだったら、今からあたしの部屋でいっぱいやってもいいんだけどー。どうする耕介? ここがいい?」

「こ、ここって……いや、僕はそんなことしたくは——」

自然と胸元へ目が行く。

シャツの隙間からふくよかな谷間が垣間見え、喉が鳴った。

「ここでしたいんだ。オッケー、んじゃちょっと待って」

彼女は本気だった。

九重屋Tシャツを脱ぎ始め、躊躇なくぶるんとおっぱいを晒す。

「わっ！ うあああああ！ マジでやばいってこんなとこで！」

「おバカ。耕介これブラじゃなくて水着だから。ほれほれ、でかいっしょ？」

階段を一段降りて目の前に立つと、前屈みでむぎゅっと胸を寄せる。

僕は顔を覆っていた指の隙間から目を覗かせる。

愛沢よりはないかもだけど、赤い水着に包まれた膨らみは確かに大きくて谷間も深い。

……でもおかしい。

あんなに繊細な絵を描ける子が、こんな色欲ビッチみたいな行動を取るなんて。

僕の中のビッチセンサーも反応してないし、違うと思うんだけど……。

けど目の前には、男慣れした様子で自慢の胸を見せつける不良っぽい巨乳美少女。

違うはずなのに言動や行動は確実に色欲ビッチ。

どっちなんだこれ……。

「ちょっとーなに紳士ぶってんのよ～。耕介、おっぱい好きっしょ？　ほら、触りなさい。自慢じゃないけどけっこう柔らかいわよ」

柔らかさを教えるように自分の両手で胸を揉み、僕の顔へとずいっと近づけてくる。

九重さん楽しげだな。けど僕には刺激が強すぎる……。

「い、いいってば！　そそそれより！　今日の仕事の残業がないかと、明日の仕事の確認なんだけど……!!」

「ああ、そのこと――」

九重さんがいっそう妖しく笑い、上体を起こして髪先を弄る。

「今日はもう終わり。明日の件は今晩話すわ。あんまり人に聞かれたくないから、皆で海の家の前に夜九時に集合してちょうだい。そこからちょっと移動することになるから」

その後、僕は何とか彼女から逃れることができた。

でも彼女が言った、どこかに移動するという言葉は僕に不安を抱かせた。


「い、伊吹……護衛の人たちと連絡ついた？」

夜九時。僕たちは九重さんに付き従うようにして海岸沿いの砂浜を歩いていた。

「……だめ。全然通じないわ」

東雲がスマホを耳に当て、珍しく少し焦った様子で小声で答える。

夕飯時。天姉が食堂に来るのが遅れている間に、僕は今晩のことを二人に伝えていた。例の噂があるので、どこかに僕たちを連れていくという内容に警戒心を抱いた僕たちは、九鬼丸さんに連絡していた。

けれど一向に通じない。他の幹部にも連絡したけどダメだったらしい。

ちなみに今天姉は、疲れもあって女子部屋で爆睡中だ。

「肝心な時に傍にいない上に連絡も取れないだなんて……九鬼丸、あとでお仕置きね」

未だ電話を掛け続ける東雲は少し苛立った声を出す。けど身の危険を感じているのか、いつもより落ち着きと余裕がない。

「ど、どうしよう育野。噂通り、悪い人のとこに連れていかれちゃったりしたら」

ラフな格好の愛沢が不安げに見上げてくる。

不謹慎だけど、子犬みたいで可愛い。

「……最悪、僕が何とかするよ。その間に二人は逃げてくれればいいから」

二人は僕の好きな女の子。自分がどうなったとしても絶対守りきらないと。

そこで、電話を掛け続けていた東雲が、

「あっ——九鬼丸、聞こえるかしらっ？」

繋がったようだ。

少し前を歩く九重さんに気づかれないように彼女は声を落とし、

「あなた、今どこに――っ⁉」

東雲が顔をしかめて咄嗟に耳を離す。

スマホから漏れる音が僕たちの元まで聞こえる。

「んぁ～⁉ しょの声はお嬢ですけぇ？ がはは、俺ぁ今部下たちと飲んでんすけど、やっぱ女は熟女が一番ですなぁっ！ ……ぶはーっ。もっと酒。酒もってこさせろ～い‼」

その後ろからはバカ騒ぎする男たちの声。

東雲の手がぷるぷる震えていた。

「九鬼丸。あなた、私が無事に帰った際には覚えておきなさい――」

東雲が電話を切り、申し訳なさそうに俯きながら。

「ごめんなさい。対抗措置は私に任せてと言っておきながら、肝心な時に役に立てないだなんて。これでもし何かあった際は、逃げるしか手段がなくなったわ」

「そんな……い、育野っ」

むぎゅっ。

状況に怯える愛沢が、僕を頼るように腕を抱きしめてくる。

「だ、大丈夫だから愛沢。少し落ち着いて」

と、僕のシャツの裾を誰かが引っ張る。その手は僕の隣を歩く東雲のもので。

「……」

彼女は僕と目が合うと顔を逸らす。街灯に照らされるその頬は少し赤い。

まさか、東雲も不安なのか？

まあでも一応女の子なんだ。

あんな噂があるくらいだし、いつも冷静沈着な東雲も不安に違いない。

……僕がしっかりしないと。

「なんかびびってる気がするんだけどー。あたしの気のせい？」

九重さんが小悪魔的な笑みを浮かべ、歩きながら振り返っていた。

「は、ははは。気のせいじゃないかな……？　それより、目的地ってまだなの？」

「もうすぐよ。それに用事はすぐ終わるから、心配しなくていいわ」

とか言うけど、企みがあるように妖しく笑うから信用できないんですけど……。

自分に悪い噂があるってことを自覚した上で、それを楽しんでるのか？

そうだったらまだいい。

問題なのは例の一番有名な噂が本当だった場合だ。

——女の子は不良仲間に乱暴される——。

そのフレーズが頭に蘇り、緊張と不安で爪が食い込むほど拳を握りしめてしまう。

海に突き出した前方の岩礁の陰から、火の明かりが見えたのはそんな時だった。

「あそこよ！　ちなみにもう準備できてるから！」

振り返った九重さんが楽しげにそう言って走り出し、岩礁の向こう側へと姿を消す。

……準備できてるって何がだろう？

焚き火をしていると思われる場所には、怖い不良仲間が待機中だったりして。

「ふ、二人とも……やばいと思ったらすぐに逃げて。あとは僕が何とかするから」

「わ、私は別に怖くないわ。育野くんを一人にできるわけないでしょう」

プライドの高い高潔なお嬢様はそう言うけど、今や僕の腕をしっかり抱きしめている。

「育野一人が犠牲になっちゃダメっ。やばかったら皆で一緒に逃げよっ」

両側から美少女二人の温もりを感じつつ。

僕は意を決して、ちろちろと炎の灯りが漏れる岩礁の裏へと進んだ。

そこには――

「いらっしゃい！　さっ、好きなとこ腰掛けてちょうだいっ」

焚き火を中心に簡易の折り畳み椅子が人数分並べてあった。

ご機嫌な様子の九重さんは、焼網の上に置いた薬缶の取っ手にタオルを巻いて取ると、
持ち歩いていた謎のプラスチックケースからマグカップを数個取り出し、それぞれに粉状の物を入れてお湯を注ぐ。

「はい、これあんたたちのココアよ。夏といっても夜の海辺は冷えるから飲みなさい」

「……あ、ありがとう」

周囲に不良なんて一人もいなかった。僕たちはカップの中身を警戒したけど、漂ってくるのは確かにココアの匂いだったので息をつく。

「ふふ、こんなことだろうと思っていたわ」

東雲はサッと僕から手を離すと、何事もなかったように椅子に座りココアを受け取る。

「二人も早く座りなさい。せっかくのココアが冷めてしまうわ」

東雲さん、さっきまで怖がっていたのが嘘のようですね？

僕は愛沢と一緒に椅子に腰掛ける。

愛沢はココアを受け取ってほっと胸を撫で下ろし、

「——うあ〜〜、なにここ⁉ 星空ちょー綺麗なんだけどっ♪」

海上の夜空を見上げ、顔を輝かせていた。

僕も見上げる。けど、愛沢の今の顔の方が断然綺麗だ。

なんて思うのは恋の病のせいだろう。恋愛脳乙。

「そうでしょ⁉ ここ、あたしが一番気に入ってる場所なのよっ」

九重さん、自分が褒められたように嬉しそうだ。

子供っぽくて飾った様子が一つもない。

「なるほどね。つまり九重さん、あなたは何か用事があるついでに、自分の秘密基地を私たちに自慢したかったのね」

「なっ⁉」

「え、そうなの？」

僕が訊ねると、九重さんはカァ～ッと真っ赤に頬を染める。

「ふ、ふん……別に、そういうわけじゃないっての」

腕を組んでぷいっと顔を逸らす。

何て言うか。九重さんってすっごく分かりやすいな。

いわゆるツンデレなのかな？

「あ、あはは……でも本当に綺麗よね。ここだけ開けてて、すごくよく星が見える」

「まあ、確かにそうだよね。……えっと、それより九重さん。今晩僕たちをここに呼んだのは、明日の仕事の話をするためだったと思うんだけど」

あんまり人に聞かれたくない話らしい。ということは恐らく、明日僕たちがやる仕事というのは、大声で人に言えないものなんじゃ……。

九重さんはココアの入ったマグカップを持って俯くと、気まずげに言う。

「実はあんたたちに海の家に来てもらったのは、二日目の依頼をこなしてもらうためなの。急にこんなことお願いしても来てくれないって思ったから、一日目は普通に働いてもらった感じ……その点はごめん。騙すようなことしちゃったから謝るわ」

「そうなんだ。でも、そうしないといけなかったから嘘ついたのよね？　じゃあ仕方ないと思うし……とりあえず、二日目の依頼のこと聞かせてくれる？」

愛沢(あいざわ)が優しくそう言い、僕と東雲(しののめ)はココアを飲んで待機する。

「さんきゅ。そう言ってくれると、少し心が楽かも」

九重(ここのえ)さんはココアを一口飲んで、浮かない様子ながらも語る。

「実は二日目に依頼したい仕事ってのは、最近ビーチに出没するスリ犯の捕獲よ」

心の準備をしていたものの、僕たち三人は「え？」と言葉を発して固まる。

「まあ驚いて当然よね。ここ、三週間前くらいに海開きしたんだけど、その時から海水浴客の財布が無くなる事件が頻発してて迷惑してんの。だから協力して欲しいってわけ」

連続窃盗スリ犯か。

そう言えば、ビーチに注意を促す看板があったっけ。

街では一ヵ月前くらいから自販機荒らしも出てるし、なんか物騒だな。

でも僕は当然ながらこう言う。

「九重さん、それなら素人の僕たちじゃなくて警察に頼んだ方が――」

「育野(いくの)くん、そうできない理由があるから私たちに依頼してるんじゃないかしら」

「……九重さん、伊吹(いぶき)の言う通りであってる？」

心配げな愛沢の問いに、九重さんはますます気まずげな表情でカップを握りしめた。

「スリの犯人だけど……多分あれ、姉の朱夜(あけよ)よ。だから、警察には通報できない。ちなみに、宇呂丹で一ヵ月前から続いてる自販機荒らしも朱夜の仕業だと思う」

唇を噛み締める九重さんを前に、僕たちはしばらく言葉を継げないでいた。

僕は訊ねる。

「え、えっと……根拠はあるの？」

「あるわ。あたしの記憶だと、スリ事件が発生しだした頃から、朱夜がビーチでゴミ拾いをするようになったの。人の目をすごく気にかけて行動してて明らかに怪しいし、多分ゴミを拾うように見せかけて袋の中に財布を入れてるんだと思う」

そういえば昼、朱夜さんがゴミ袋を持って不審な行動を取っていたな。

「朱夜は自販機荒らしが出始めた一ヵ月前くらいから、深夜に外に出ることが多くなったし、この件も多分そうに違いないわ」

しかし、前向きな愛沢はそれを否定する。

「でも、それだけじゃ何とも言えないんじゃない？　ただゴミ拾いしてるだけかもだし、夜外出するのは友達と遊んでるだけかもしれないじゃん？」

「それはないってば。昔は違ったけど最近じゃ朱夜は万引きするような悪い人間だし、そもそも友達とかいないわ。朱夜は今不登校なんだけど、万引きで停学になったことが原因よ。要するに色々顧みずに万引きしちゃうほど物欲が強いから、どうしてもお金が欲しいってわけ。昔は正義感が強くて、朱夜のこと尊敬してたのに……」

怒りと悲しみが同居したような複雑な表情の九重さん。

東雲は彼女を静かに見つめ、陸風を受ける白い肩を撫でつつ、

「確認だけれど。じゃあ明日、お姉さんを現行犯で捕まえればいいのかしら？」

「うん、そう。朱夜は現行犯じゃないと言い訳すると思うし、それに以前あたしが一人で張りこんでた時も尻尾さえ摑めなかった。だから協力して欲しいのよ」

警察にお世話になる前に、何とかしたいって妹心か……。

けど、朱夜さんが自販機荒らしって線はどうだろう。

仮にそうだとしても、この様子だと九重さんは噂とは違って自販機の件には関与してないと思われる。そうなると、朱夜さんが一人で自販機を損壊させたことになる。

でも、あの犯行手口は相当力が必要だと思うし、女の子一人じゃ無理だ。

犯人は朱夜さんじゃなくて、別でいる気もするけどな……。

まあそれも、状況次第では明日判明するか――。

「分かった。僕たち文芸部が何とかしてみせるよ。捕まえた後は、任せていいよね？」

「もちろんよ。朱夜のバカは、あたしがこの手で矯正してみせるんだからッ」

ぐれてしまった姉に相当な思いがあるのか、九重さんはぐっと拳を握ってみせた。

今晩泊まる九重荘に戻った僕は、女子部屋の前で二人に別れを告げた後、お風呂に入っ

てすぐに床についた。

炎天下で動き回った疲労のせいで強烈な眠気に襲われていた。

だが夢の世界へ旅立つ寸前、僕はあることを思い出してスマホを確認する。

シャルテから十件もの着信が入っていた。

メールも来ているので目を通す。

『兄さん。海には着きましたか？　今日は暑いので水分補給は小まめにしてください』

『兄さん、久々にヤーガが帰ってきました。これでもう寂しくありません……多分』

『兄さん、今日の晩ご飯はシチューです。すごく美味しくできました。連絡ください』

『兄さん、もう寝ましたか？　少しだけ電話できませんか？　ヤーガがまた外出しました』

最初の方はまだ頑張れてるけど、後ろのメールになるほど寂しさが募って余裕がない。

僕は今日色々と大変だったけど、シャルテも一人で戦ってたんだよな。

起き上がって電気を点けると、僕はシャルテに電話をかけていた。

「あ、もしもしシャルテ」

ワンコールで繋がる。驚きの早さだ。

『兄さん、大好きです』

「はは……だいぶ寂しかったようだね。大丈夫？」

『はい。私はあの黒髪の女の方より大人です。寂しくありません』

無理しちゃって。てかやっぱり、東雲に対抗意識燃やしちゃってるようだ。

『兄さんと話してるとほっとします』

「そっか、なら良かった。僕も大好きなシャルテの声が聞けると落ち着くよ」

『…………兄さんと話してると、なんだかムラムラします』

「いやそれは知らないからね？」

それからも少し話をした後、僕は電話しながら眠れるほどの睡魔に襲われていた。

「ごめんシャルテ。そろそろ寝るよ。その代わり、明日は早めに帰るから」

『分かりました。玄関でずっと待ってます。あ、それより兄さん――』

僕は電気を消し布団に入り、うとうとしながらシャルテの言葉を待つ。

『――ありました。今日、警察署からのビラで自販機荒らし犯の似顔絵が届いてたんです。一応、兄さんにも詳細を教えておこうと思って。……兄さん？』

「うう…………え……ごめんシャルテ……何て……？」

『いいえ、何でもありません。兄さんは疲れてるのに、つい嬉しくてはしゃいでしまいました。明日はご馳走を作って待ってます。おやすみなさい、兄さん』

いつも通り感情のない声。

だがどこか見守るように微笑ましい声色は印象的だった。

僕は通話も切らず寝落ちしていたと思う。

最後に声が聞こえた気がした。
『気をつけてくださいね、兄さん。多分敵は、すぐ近くにいますから』
――ツゥ……――ツゥ……――……。

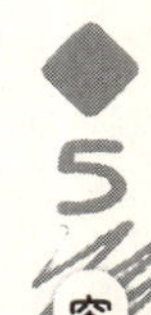

5 容疑者抽出ビキニブレイク

「青い空、広い海。そして、耕介くん。今日はなんかツイてるわぁ♪」

「あの、亀乃先輩!? そ、そんなにくっつかないでくださいってば！」

翌朝、十時過ぎ。

僕たちは朱夜さんが昨日のようにゴミ拾いを始めると共にビーチへと繰り出し、パラソルを設置して場所を確保した後、彼女の監視を始めていた。

だがそれから時を経ず、僕はこうして亀乃先輩に捕まっていた。

後ろから抱きしめられ、牛のように大きな胸が潰れて背中いっぱいに広がっている。

「ちょ、ちょっとあゆむ！ あなた、後輩に何やってるのよ……！」

チア部副部長の倉島先輩が止めに入る。

その後ろでは、天美先輩や副会長、生徒会会計の田所先輩が楽しげに会話している。

田所先輩は副会長が苦手なので笑顔がぎこちない。

亀乃先輩たちは部活が今日休みなので、皆とそれに合わせて予定を組んだらしい。

「えぇ～、こんなの挨拶代わりだよ～。ね、耕介くん？」

うわっ、さらに抱きつくせいで乳圧がすごい。既に三十度越えくらいの気温だから、僕と遭遇した時の亀乃先輩はおっぱいに玉の汗を浮かべていた。おかげで柔らかいながらもしっとりした感触で背面が満たされ、僕の理性が焼き切れそうになる。

「あ、あゆむ先輩！　そういうのはダメだぞっ。離れてください……！」

　水着姿の天姉(てんねえ)が僕たちの間に入って引き離す。ちなみに昨日から海にいる僕たちは九重(ここのえ)荘の洗濯機を貸してもらったため、洗った水着を今日も使っている。

　そして文芸部のメンバーじゃない天姉には、九重さんからの依頼の件は伏せていた。

「あ、ごめんね天ちゃん。そういえば耕介くんのこと、大好きだったよねぇ」

「うっ……そ、それは……まあ、はい」

　天姉、皆の前なのにはっきり答えるな。おかげで僕まで恥ずかしい……。

「そ、それより天姉、昨日でだいぶ焼けちゃったよね」

「そう言えば焼けてるわね。天虎(てんこ)、あなたヒリヒリしない？」

「えっと、別に大丈夫です倉島先輩。これくらい別に何とも――」

「うーん。本当かなぁ？　天ちゃん、ちょっと触るね――つんつん」

「ふひゃあっ!?」

　亀乃先輩にスリムなお腹をつつかれ、天姉がびくんと跳ねていた。

「あ、やっぱり～。天ちゃん、我慢はよくないよぉ。でもこんなに焼けちゃってたら、以前どれくらい白かったか忘れちゃうわぁ。……そうだ、天ちゃん。ちょっとだけ水着めくってみてもいーい？」

「え、水着をですか？　……んぅ……ちょ、ちょっとだけなら、いいですけどぉ」

「本当っ。じゃあ、お尻のとこちょっとだけぇ」

フェロモンを振り撒く水着姿の亀乃先輩が屈み、両手で水着をそっと下ろそうとして、

「は、はくしゅんっ」

「ふぇ……？」

先輩のくしゃみのせいで水着が下まで下ろされていた。

天姉の顔が一気に朱に染まる。

「うぁあああっ⁉」

咄嗟に天姉は手で大事なところをぱっと隠す。でもお尻の大部分が丸見えだった。全身が日焼けした褐色の肌でありながら、水着で覆われていた小ぶりなお尻は純白のままだ。こんがり焼けた肌とは対照的な逆三角形の絶対エロスが男の本能を刺激する。

「ててて、天姉、早く水着！　水着あげて！」

「みみみ、見るなこーすけ！　ん、んぅっ――!!」

天姉が急いで水着を上げる。倉島先輩も天美先輩も言葉が出ないでいる。

「ご、ごめんなさい天ちゃん！　わたし、そんなつもりじゃなくてぇ……」

「～～～っ……」

もちろん亀乃先輩に悪気はない。けど天姉はショックと恥ずかしさのあまり涙目だ。

「その……天姉、大丈夫？　びっくりしちゃったよね？」

「う、うん。でもこーすけ、それより今の私をあんまり見ないでくれ。こんな真っ黒な肌……好きな人に、見られたくない………ぅぅ」

天姉がこんがり焼けた小柄な体を、僕の視線から守るように抱きしめる。

「あんまり気にしなくていいと思うよ。その、大人っぽくてかっこいいっていうか……」

「大人っぽい⁉　それ、本当かこーすけ⁉」

「え、まあ……うん。ははは」

大人っぽいというかすごくえろい。天姉は僕がお姉さん好きと知っているから、そんなふうに褒められてかなり嬉しかったみたいだ。

「なはは、そうか！　じゃあ今日はもっと焼くぞ！　こーすけ、楽しみにしててくれ！」

天姉は亀乃先輩たちを誘って、少し離れた場所でビーチバレーをし始める。

パラソルの下で、愛沢と朱夜さんを監視していた東雲が僕に歩み寄る。

「育野くん、仕事中だというのに昼間から何をイチャイチャしていたのかしら？」

「べ、別にイチャイチャはしてないだろ？」

「いいえ、していたわ。亀乃先輩にハグされていたでしょ。しかも、何だかんだ言いながらとっても嬉しそうだったわ。罰として私をハグしなさい」

うぐ……東雲は相変わらず独占欲が強い上に嫉妬深いな。てか東雲をハグとか、今の僕にはご褒美でしかないんですけど。しかし状況的に今はまずい。

「昨日よりも人が多いのに、そんな大胆なことできるわけないだろ。愛沢だって今は一人で監視頑張ってるわけだしさ。それに……ほら、九鬼丸さん」

今は護衛班の人たちにも朱夜さんの監視を協力してもらっているのだが、九鬼丸さんだけは少し離れた場所から僕を睨んでいる。

「九鬼丸なんて気にしなくていいわ。昨夜のことで私にお仕置きされて、今は無駄に近づかないように言ってあるから」

「いや、それでもさ……」

「できないとでも言うつもり？　私はお願いを聞いてもらう代わりに入部してあげたのよ。そこのところちゃんと理解してるかしら？」

そうだった。

僕が東雲に逆らえば部が崩壊しかねない。

「それとも、私のことを好き過ぎて体に触れることさえできないのかしら？」

「ち、違うってば！　……やるよ、やればいいんだろ」

東雲は目を伏せて微笑むと、髪を海風になびかせ、僕の抱擁を大人しく待つ。

静かに佇む黒髪の乙女は羽を休める蝶のように美しく、僕は触れることに躊躇いを覚える。しばしうるさい心臓と葛藤した後、僕は細い体を抱きしめていた。

「……うふふ。悪くない感じよ。少しの間、このままでいなさい」

「とか言うけど東雲。やっぱり九鬼丸さん、相当怒ってるんだけど」

僕たちを見て憤慨し、暴れる九鬼丸さん。

だが周囲の部下たちが何とか押さえている。

「あなたは私だけ見てればいいの。それよりどう？　とっても柔らかいでしょ？」

線の細いたおやかな体は女の子らしく柔らかい。肌は潤いに満ち、さらさらな上に滑らかだ。おかげでずっと触れていたい気分にさせる。

「育野（いくの）くん、心臓の音がうるさいのだけれど？」

「しょ、しょうがないだろっ。こんなの慣れてないんだから」

護衛班の人たちが周りを固めてるからまだいいけど、海水浴客たちが遠くから僕等を見ている。僕は目立つのが嫌いなので余計に緊張する。

「やっぱり私のこと好きなんじゃない？　今日中にそれを認めれば、昨日言ったように、毎晩私の体をメンテナンスさせてあげるわ。内容はあなたに任せる予定よ。もしそうなれば、どんなことをして主人を満足させてくれるのかしら？」

「僕が知るわけないだろ………まあ、仮にそうなれば、色々奉仕するんだろうけど」

「へぇ、奉仕という言葉が出るなんて意外。私と接することで、日毎（ひごと）にペットとしての自覚が出て来ているのかしら。いい兆候ね」

機嫌良さげな東雲が僕の背中に両腕を回し、甘い声で囁く。

「あなたのこと、早く手に入れたいわ。だから今すぐ言いなさい。私のこと好きって」

「み、耳元で囁くなってばっ」

まだ心の整理がついてないうちに、東雲に気持ちを告げるわけにはいかない。

それは彼女にも失礼なことだし、愛沢に対する気持ちにも真剣に向き合っていないことになる。どちらかを選ぶには、もう少し時間が必要だった。

そして――

「え⁉ ……ちょっと二人とも、何やってるわけ⁉」

「あ、愛沢……⁉ えっと、こ、これは、その……」

双眼鏡を持って朱夜さんを監視していた愛沢が、パラソルの下から出てきていた。

抱きあう僕等を見て驚いているが、東雲は僕を離さない。

「愛沢さん、驚かせてしまってごめんなさい。でもこれは、育野くんがあなたとデートらしいことをするための予行演習なの。育野くんはこういう経験がないから、愛沢さんにする前に私がこうして相手になっているのよ」

いや、そんな取ってつけたような説明で誰がこの不可解な状況を納得すると思って――

「そうなんだ。なんかあたしのためにごめんね、二人とも……」

ここにいたよ！　あーもう、愛沢ってお人好し過ぎて人を疑うことを知らないな。

「あ、でも。ってことは……あたしが後で、育野とそういうことするの？」

「もちろんそうよ。そのために練習しているのだから」

臆面もなく言うな……。

愛沢を見ると、顔を真っ赤にして困惑していた。

「ぇ……でもあたし、男の子と抱きあうのって、なんかえっちだから無理だよ」

「まあ、確かに愛沢さんは初だから難しいかもしれないわね……。別に無理にさせたりはしないから安心してくれていいわ」

親友のことを気遣う東雲が苦笑する。

愛沢は僕たち二人をちらりと見ると、なぜか少し不満げな様子で俯(うつむ)いて、

「うん……ありがとう」

そしてようやく東雲が僕から離れようとする。

その時──

「シャッターチャ～ンス！　動かないで二人とも！　バンバン写真撮っちゃうからッ‼」

「秋好(あきよし)さん⁉　え……何でここに──って、ちょっと待ったぁぁああ！」

僕はカメラを構える水着姿の秋好さんを前にして、急いで東雲から離れる。

「今僕と東雲が抱きあってる写真撮ったよね⁉　それ、どうするつもり⁉」

「ふっふーん。どうするって、もちろんスキャンダルとして記事に起こして――」

「あら秋好さん、理事長代理のスキャンダルが何ですって？」

「あ、え……それは…………わはははは」

眼鏡を上げて頬を掻く秋好さんは、猛獣に睨まれたように固まる。

「言っておくけれど、他人を勝手に撮影することは肖像権の侵害よ。今のデータ消してくれるわよね？　じゃないと私は理事長代理としてあなたを処分しないといけなくなるわ」

ここぞとばかりに権力を行使する東雲。

その後、秋好さんは大人しくデータを消去していた。

「冗談だってば冗談。今のは記者魂が疼いて反射的に行動しただけだってば」

「そう。ならいいのだけれど」

「それより秋好さんっ。可愛い水着で海ってことは、もしかして彼氏と一緒とか⁉」

「私が彼氏？　わははははっ‼　愛沢さん面白いこと言うわね～。ないないそれないから。でも水着褒めてくれてさんきゅっ。私はあれよ、創刊号のネタ集め。悪人が急にゴミ拾いをし始めたって噂を耳にしたから調査しに来ただけ」

へぇ、悪人が急にゴミ拾いを。

……ん？　って待てよ。

「秋好さん。悪人が急にゴミ拾いって、それって九重さんのお姉さんのことじゃないかな？」

「わお、耕介くんビンゴッ。そうそう、彼女のお姉さんのことよ。色々学校で言われてるけど、実は悪い人じゃないのかなって思って、それで興味湧いて調査ってわけ」

なるほど、そうだったのか。

でも九重さんに事情を聞く限り、ゴミ拾いはただのフェイクと思われる。

このまま調査しても、秋好さんは良い結果を得られないんじゃないかな……。

今朝、亀乃先輩と合流する前。朱夜さんの不審な行動を目の当たりにした愛沢と東雲も怪しいと言っていたし、秋好さんの努力は報われない可能性が高い。

「ねえ伊吹。お姉さんの件、教えてあげた方がいいんじゃない？」

「僕も賛成かな。善人と思ってた人間が悪人って分かれば心が痛いだけだと思うし」

けれど東雲は頭を振る。

「その必要はないわ。護衛班も参加してお姉さんを監視してると言っても、日曜でこの人だかりよ。普通に見失いそうな状況だから、彼女を見張る人間は多い方がいいわ。それに可能性は低いけれど、本当にゴミ拾いをやってるだけかもしれないのだし」

「あ、そっか。そうよね伊吹。まだ悪いことしてるって確定したわけじゃないもんね」

前向きな意見を聞いて愛沢がはにかむ。……………可愛い。

「ちょっとなになに三人ともー。私を除け者にしてこそこそしちゃって～」

「ははは、別に大したことじゃないからさ。あ、それより秋好(あきよし)さん。九重(ここのえ)さんのお姉さんなら、もうあそこでゴミ拾いしてるようだよ」

二十メートル程先を指さすと、秋好さんが血相を変える。

「わ、私としたことがしくったわ……！　んじゃ、早速頑張ってくるわねッ!!」

カメラを構えた秋好さんが音速で走り去る。その先には、やはり挙動不審に周囲の視線を気にしながら、ペットボトルを火バサミで拾う朱夜(あけよ)さん。

「えっと、じゃあ僕たちも監視を再開しようか」

「うん！　昼のピーク過ぎたら九重さんも合流できるって言ってたし、それまでは三人で頑張ろっ！」

「ええ。でも大人数構成なのだし、それまでには決着がついていそうね。今はまだ尻尾を出していないようだけれど、恐らくビーチが一番込む正午前の時間帯――つまりそろそろ犯行に及ぶ可能性が高いわ。だからこれ以降は注意して監視しましょう」

僕たちはシートを敷いたパラソルの下へと入る。

そこで事件は起こった。

「あれ……ない……。あたしの財布、無くなってる……」

財布は荷物になるので、今朝僕の鞄(かばん)に皆の分をまとめて入れていた。そこから誰も取り出してないので無いはずがない。一応僕も確認する。

「本当だ。愛沢の財布だけが無くなってる……！」

「っ……私たちが傍を離れている間に動きがあったに違いないわ――」

東雲が焦った様子で、今朝僕の鞄に入れていたインカムを取り出して装着する。

「護衛班、応答しなさい。私たちがシートの傍を離れている間にターゲットに動きがなかったかしら？　もしくは怪しい人物がここに近づかなかった？」

しかし、返ってきた答えは「ノー」＆「不明」というものだった。

と言っても、別に護衛班の人たちが仕事をサボっていたわけではない。

彼等は当初、僕たちの周囲を広く囲むように護衛してくれていた。けれど日曜のビーチはとにかく人が多い。次第に警備の境界線が人の波であやふやになり、今では僕等の傍を多くの人が行き交っている。これでは視界が悪い上に移動もままならない。

ちなみに護衛班は現在二手に分かれており、朱夜さん監視班の報告では、財布が無くなったと思われる間に彼女に動きはなかったらしい。

東雲が苦々しい顔で一連の報告を愛沢へと告げる。

愛沢は強がりで負けず嫌いなところがあるので、溢れる感情を押し殺すように唇を結び、堪えていたのだが。

「どうしよう……先月のバイト代、昨日入金があって全部財布に入ってたのに」

そして剝き出しの細い肩が震え始めた瞬間。

愛沢(あいざわ)の険しい表情が崩れ去り、嗚咽(おえつ)と共にぽろぽろ涙が溢(あふ)れだす。

「ひっ……ぅぅ……お母さんに生活費、渡せない……今月もお金入れるねって言ったら、喜んでくれてたのに。……それに、お金盗られたって知ったら、あたし以上に落ち込むに決まってる……ひぐ……ンゥ……ど、どうしよぉ……っっ」

愛沢を苛(いじ)めるように次々に溢れる涙。彼女はそれをしきりに拭う。

泣いて当然だ。

だって愛沢は特待生枠を維持するために夜遅くまで勉強を頑張り、家にお金を入れるためにバイトまでやってるんだ。そんな環境の中で一生懸命稼いだお金が盗られてしまえば感情を抑えられなくもなる。

愛沢は男性恐怖症だから、主に男性を相手にするメイド喫茶業務というのは精神的にきついに違いない。けどそれでも大好きなお母さんを少しでも楽にするため、成績を落とさないようにしつつ頑張ってるんだ。そうやって愛沢が必死に稼いだお金をこうも簡単に奪って泣かせるなんて…………っ！

僕は拳を握りしめた後、愛沢の顔を覗(のぞ)き込むように、前屈みで優しく微笑む。

「愛沢、泣かないでよ。僕が絶対、財布を取り戻してみせるからさ」

「んっ、ぅう……育野(いくの)、無理しなくて、いいからぁ……。だって育野、喧嘩(けんか)とか強くないだろうし……もし犯人見つけて喧嘩になったりしたら、怪我しちゃうじゃん……」

ははは……僕ってかなり貧弱に思われてるんだな。

でも自分のことで精一杯のはずなのに、こうして愛沢は他人を気遣える。

そんな良い子のためなら、もし怪我をすることになったとしても力になってあげたい。

「東雲(しののめ)、このビーチに犯人がいることは間違いないよね？」

「え、ええ……そうね」

愛沢の傍に寄り添い頭を撫(な)で始めた東雲。

こういう役はあまり慣れてないのか、少し戸惑いが見られる。

「育野くん。スリ犯は複数で犯行に及ぶと聞いたこともあるわ。敢えて一人だけに怪しい行動をさせて注目を集めてもらい、その隙に他のメンバーが犯行に及ぶらしいの」

「……じゃあ、もしかしたら朱夜(あけよ)さんには共犯者がいるってこと？」

「最低一人いる可能性が高いわね。あくまで推測の域を出ない話だけれど」

でも十分ありえる話だ。

自販機荒らしの可能性も高い朱夜さん。しかしあの力技を女の子一人で行うのは不可能なので矛盾が生まれる。だが共犯者がいるなら話は別だ。今回その人物と共謀してスリを行っているからこそ、これだけ怪しい行動をとっているのに決定的な場面を押さえられないに違いない。

「けど東雲。仮にそうだとしても、この中からその犯人を見つけ出すのは難しいよね」

見渡す限りが人で埋め尽くされており、犯人を見つけるのは不可能に近い。

でもそれができなければ愛沢の財布を取り戻せないわけで。

「くそ、どうすればいいんだ……犯人がわざわざ目立つ行動を取るわけがないし」

途端、難しい顔をしていた東雲が僕を見つめて破顔した。

「それよ育野くん。じゃあ犯人に目立つ行動を取ってもらいましょうか」

「え、伊吹……どうやって？」

涙を拭い続ける愛沢が訊ねる。

「少し手間がかかるけれど、私に任せてちょうだい」

余裕ある微笑を浮かべた東雲は、インカムを使って九鬼丸さんを呼び寄せた。

「ちょ……何よこれぇっ⁉」
昼過ぎ。
僕等と合流した九重さんが、それを見上げて驚いていた。
「特設ステージよ。今からここで魅力的なショーを始めようと思って設置したの。ちなみにビーチの使用許可や近隣への騒音対処は既に終わっているから問題ないわ」

「そこまで手配済みだなんて、さすが東雲だな……」

ステージは普通に有名アイドルを呼べる程に立派なもので、海に向かって組み上げられていた。何か始まる雰囲気を嗅ぎつけて、既にビーチの人たちが大勢集まってきている。

「さっきからトラックが何台もやって来てると思ったら、これだったわけ……。あんたって、マジで財閥のお嬢様なのねー……」

九重さんが呆れ顔で溜息を漏らし、赤髪を手櫛で梳く。

「こんなの大したことないわ。それより他のメンバーには出演してもらう予定だから準備をしてもらっているのだけれど。あなた達には、イベントのスタッフをこなしてもらおうと思うわ。ショーが始まるまでは準備で大変だと思うけど、それ以降は朱夜さんと怪しい人物の監視に努めてちょうだい」

「朱夜はおとりで、共犯者がいるかもって言ってたわね……。あたしもその線はあると思うわ。あたしが一日中朱夜を監視していた時も、怪しいだけでほとんど確信的な動きを見せなかったからおかしいと思ってたのよ……」

じゃあやっぱり、その間に共犯者が犯行に及んでるってことかな？

「今回、出演者と集まるお客はあくまで餌。スタッフは普通裏方をこなす脇役だけれど、本件に関してはむしろあなた達が主役のようなものよ。多くの観客につられて一緒にやってくると思われる犯人を必ず捕まえてちょうだい。期待しているわ」

今回の作戦は、スリ犯の標的である海水浴客を一ヵ所に集めて、こちら側が監視しやすいようにするという狙いがある。さらにショーで観客の動きを止め、不審な動きをする犯人を見つけやすいようにしている。

「僕たちの頑張りにかかってるってことか。九重さん、絶対頑張ろうね」

「あっは。耕介と一緒とかテンション上がるー。ねえ、何しよっか？」

「いやだから監視だよね⁉」

つうか何でえろい顔してるんだよ！

「九重さん、育野くんは童貞だからあまり近づかないであげて。刺激的な女の子が傍に寄ると真っ赤になってしまうの。ほら、こんなふうに」

自分の持ち物とでも言いたげに、後ろからぎゅっと抱き寄せられる。

「⁉　おっおおお、おい東雲！　みみみ水着姿でそういうのやめろってば……！」

「ほらね、まるでお猿さんみたいでしょ。こういうところがとっても可愛いの」

東雲は僕の体の側面が九重さんに見えるように向きを変える。そして僕を抱いたまま背中にぴとっと頬を押し当てると彼女を見つめ、

「だから、育野くんには手を出さないでちょうだい。この意味、分かるかしら？」

東雲のやつ、思いっきり九重さんに喧嘩売ってるじゃないか……。

自分の持ち物に手を出されそうになって威嚇してるってところか。

「へぇー。耕介ってモテそうにないけど、一応ファンはいるってことね。まあでも伊吹、心配しなくていいわよ。今日は別に変なことしたりはしないからー」

妖しく笑って髪の毛先を弄る九重さんだけど、朱夜さんの件があるので本当にそのつもりはないようだ。

「九重さんはそう言っているけれど。育野くん、あなたも仕事ということを忘れて女の子とイチャイチャしてはダメよ。いいかしら？」

僕のスキルとやらを味わったせいか、ますます独占欲に磨きがかかってるな。おかげでいつもより数倍嫉妬深い気がするぞ……。

それから準備のための時間が過ぎ、気づけば開演十分前となっていた。

「も、もっと中央に寄ってください！　お願いします……!!」

「ほら、もっと真ん中に寄ってちょうだい！　隙間空きまくりでしょーっ」

僕は九重さんと一緒に観客整理に努めていた。

豪勢なステージに惹かれてビーチの海水浴客が一気に押し寄せているため、人の海がどんどん横に長く広がっていく。これでは護衛班の人がいるといっても監視に支障が出るので、なるべくその面積を小さくする。

「こんなとこかしらー。じゃあ耕介、そろそろ監視位置についてーーきゃっ!?」

「九重さん……!!」

走って来た男たちとぶつかった彼女を、僕は受けとめていた。

接触したことに気づいてないのか、彼等は早々に観客の中へと消え去ってしまう。

「危ないなあ……九重さん大丈夫？」

「痛痛ぅぅ…………………………あっ」

正面から抱きとめられていた彼女が、僕を見上げて赤面する。

くりくりの大きな瞳。子供のように垢抜けた綺麗な表情。いつも感じる小悪魔的要素は微塵も感じられない。僕はギャップもあって赤くなり、急いで体を離してあげる。

「ごめん。いきなりだったから咄嗟に抱きしめちゃって」

「あ、えっと……あたし……っ」

あれ？

いつもなら冗談の一つでも言ってきそうな状況なのに、すごく慌ててる。

もしかして急な出来事過ぎて余裕がないとか。いつものはやっぱり演技なのかな？

「九重さん、えっと、それよりそろそろ監視位置に——ぐあ⁉」

僕は走ってきた若い男性とぶつかっていた。

「おー悪いな兄ちゃん！　急いでたから見えなかったわ！」

「いや、ははは……こっちもよそ見してたんですみま——ぐえっ」

今度はサングラスをつけた金髪ガングロお姉さんとぶつかっていた。

「んあー？ お兄さんごっめーん。影薄くて見えなかったわ」

と言って、彼女は先程の若い男性と腕を組んで観客の中へと消える。

僕、そんなに存在感薄いんだろうか？

目立つの嫌いだから別にいいけども……。

とホッとしたのも束の間、またしても誰かとぶつかる。

「耕介……！」

今度は先程とは逆で、僕が九重さんに受け止められていた。

「うぅ……あ、ありがとう九重さん」

鼻ピアスをしてフードを被ったサングラスお兄さんは無言で素通りする。

いるんだよね。ぶつかっても謝ろうとさえしない人。

とはいえ、僕もよそ見してたので一応謝罪の言葉を投げかけておいた。

「それじゃあ九重さん、行こっか。あ、でも……心の準備とか大丈夫？」

この作戦が上手くいけば、お姉さんが白か黒か判明するのでそう訊ねる。

「耕介、気遣ってくれてさんきゅ。でも大丈夫よ。あいつが性懲りもなく悪さしてるんなら、あたしが叩き直してあげなきゃだしね。全力でやってやるわ！」

力強く拳を握る九重さん。

彼女の前向きな言葉を聞いて僕は気を引き締める。

「さあそれでは始まります！　東雲財閥主催・第一回　姪浜美人水着コンテスト——!!」

ステージ脇に設けられた司会席。

そこに座る女性がマイクで叫ぶと共に、会場が割れんばかりの拍手と歓声で包まれる。

ちなみに司会は黒髪ロング眼鏡美少女である秋好さんだ。

東雲によると、朱夜さんの取材をある程度終えた彼女は快くこの役を引き受けてくれたらしい。

……にしても、すごい盛り上がりようだな。

観客は男性の方が微妙に多い。

合法的に水着美女をまじまじと見られるためテンションが高いのか、会場は気温以上に妙な熱気と興奮で満ち満ちている。

一応僕がどこにいるか説明しておくと、ステージ前面中央すぐ下の段差のような場所に立っている。おかげで観客の前方から後方までが丸見えだ。

同じステージ前面に僕と九重さんを入れて十人ほどが監視についており、観衆一同の左右にそれぞれ数十人、客中にも数人が紛れこんでいる状況だ。全員インカムを装着しているので何かあればすぐさま連絡が取れるようになっている。

「それでは大会主催者である東雲家のご令嬢から一言もらいたいと思います！」

ステージ上に東雲が登場した瞬間、周囲が息を呑み、やがて騒ぎ始める。

彼女は観客へと微笑んだ後、秋好さんからマイクをもらって隣に座る。

「こんにちは。ご紹介に与りました東雲伊吹です――」

華やかな場での挨拶は家で叩きこまれてるに違いない。

落ち着き払った東雲は、差し障りのないことを語り、早々に挨拶を終える。

「はい、ありがとうございました！　というわけで今挨拶の中にもありましたように、誰でも参加できるこの美人水着コンテスト、見事一位になられた方には二泊三日の豪華温泉旅行券をプレゼントしちゃいます！　参加者の方々～、トップを目指して頑張っちゃってくださいね！」

今のところ怪しい人物はいないな……。

朱夜さんも立ち見客たちの真ん中辺りをうろうろしているだけで、特に一ヵ所にとどまって何かやっているようには見えない。僕の右手数メートル横で監視を続ける九重さんも注意深く朱夜さんを見つめている。

「さあそれでは早速一人目の美人さんに登場してもらいましょう！　エントリーナンバー一番の方、どうぞ！」

早くも一人目からざわつく観客たち。中央にセットされたゲート付近に白い煙が立ち込め、気分を高める音楽と共に扉が開き、出演者が登場する。

「こんにちは、倉島(くらしま)ユキです……」

トップバッターは倉島先輩だった。黒髪ミディアムヘアーの彼女は、スレンダーな体に爽やかな水色のビキニを着用していた。

「その——私は宇呂丹(うろたん)高の三年で、チア部で副部長をしています……！」

緊張しているのかピンと背筋を正し、軽く自己紹介する倉島先輩。観客はそれを見て、

「うおおおマジ美人だ！」「チア部とか超似合いそうじゃん」「脚とか腕ほっせぇ！」

「っ……」

会場から湧き起こる声を聞いて、倉島先輩が赤面して細い体を抱きしめる。

「さすが我が校のチア部で副部長を務める倉島先輩！　登場して間もないというのにすごい人気です！　それでは先輩、何かアピールをお願いします！」

「え？　私、出演するだけでいいって言われたから出てるんだけど……」

「先輩、少し自分の魅力をアピールするだけでいいんです！　お願いします！」

「そんな……急に言われても」

大勢から期待の眼差しを受け、先輩が耳まで真っ赤になる。そこで——

「あぁ～。ユキちゃん緊張しちゃってるぅ。しょうがないなぁ」

「おっと！　これは予想外な展開です！　二番手の亀乃(かめの)先輩がステージに乱入してきたではありませんか！　し、しかしすごいです。揺れてます！　すごく揺れちゃってます!!」

秋好さん、かなりノリノリになってきたな……。でも確かに揺れてる。

倉島先輩の元へと駆け寄るビキニ姿の亀乃先輩。彼女のボリュームあるおっぱいはビキニから零れ落ちそうなほど左右に揺れ、会場全員の視線を奪い去っていた。

「あ、あゆむ！　あなた、何で勝手に出て来てるのよ……⁉」

「だってぇ、親友のユキちゃんが困ってるんだもん。見捨てたりできないでしょ？」

「あゆむ……」

「あ、ユキちゃんその顔可愛い。それよりぃ、どうせわたしはこの後すぐ出番だから、一緒にアピールしちゃおっかぁ。うーん……例えば、こういうのとかどぉ？」

「────。まあ、そんなのでいいんなら。いつもやってることだし」

何やら耳打ちされた倉島先輩が頷く。そして二人は正面を向き、

「じゃあ、始めちゃいまぁす。チア部の準備運動ぉ～」

ビキニ姿のまま、片足を顔付近まで上げる運動を繰り返し始めた二人。

──⁉　こ、これは……‼

亀乃先輩の胸はいっそう弾け、倉島先輩の脚の付け根のデリケートゾーンが露わになる。

ステージの高い位置には出場者を映し出す大きな液晶が設置されているので、そこに入れ替わり二人の体がズームで映され、男たちが歓声を上げる。

体の柔らかさをアピールするだけでこれほど男の本能をくすぐるだなんて。

チア部の準備運動、恐るべしだな……。

「ふぅ……はぁ、はぁ……アピール、終了っとぉ」

「あゆむ……はぁ……はぁ……ありがとう」

拍手と歓声に包まれて、二人が退場していく。

「二人共お疲れ様でしたー！　東雲さん、今の二人はポイント高いんじゃないですか⁉」

「そうですね。けれど、何も大きければいいというものではありません。慎みがあって自己主張が控えめな女性も私は魅力的だと思います」

東雲さん、それ完全に僻み入ってますよね⁉

突っ込んでる間にも次の出場者の出番が回ってきていた。ステージにいるのは天姉だ。

「んぅう……た、高虎って言います」

天姉は大勢の人々を目の前にして恥ずかしがってしまい、倉島先輩のように体を抱きしめている。けど無理もない。だって今の天姉が着てる水着は――

な、何でマイクロビキニ着てるんだよ⁉　しかも日焼け痕があるから、余計にえろいことになっちゃってるじゃないか。……一体誰がこんな水着を。

「秋好さん、実は高虎さんにこの水着を着せたのはある方とコラボしてもらうためです。ですので四番の彼女も登場させてあげてください」

犯人はお前かよ東雲！

「四番って言うと、田所先輩のことですね～！ では先輩もステージへどうぞ!!」

「ふぇ⁉ あ、あのあの、急にそんなこと言われても……！」

と言いつつも、田所先輩が半ば強引にゲートの中から登場させられる。

しかも驚くことに、彼女も天姉と同じマイクロビキニ姿だった。小柄で爽やかな短髪美少女ということもあり、水着とのアンバランスさが際立って余計に目がいく。

「な、何で子供がここにいるんだ⁉ しかも私と同じえろい水着着てるぞ！」

「こっここ、子供とは何ですか！ 確かあなたは一年生のチア部の方ですよね。じゃあ私よりも後輩さんですよ！」

二人は恥ずかしさのあまりか、相手を攻撃することで気を紛らわせているようだ。

「そんなのウソだぞ！ お前みたいにちっちゃいやつが私より先輩なはずないんだぞ！」

「ウソじゃありませんってば！ 私はあなたよりも先輩さんですよっ！」

「おおっと！ いきなり喧嘩勃発のようです！ しかし何だか可愛いですね」

確かに可愛い。観客たちも小学生の喧嘩を見ている気分になるのか微笑んでいる。

「狙い通りね――では秋好さん、二人の可愛さをより伝えるためにも、五番の方を登場させてください」

「五番の方っていうと――ほほうなるほどこの方ですね。では五番の彼女どうぞ！」

ゲートがいっそう濃い煙で包まれる。そこから現れるのは毛むくじゃらの巨体。

天姉（てんねえ）と田所（たどころ）先輩は、そのあまりの大きさに驚き、見上げながら数歩下がる。

「なな、なんだこいつ………で、でか過ぎるぞ……」

「お、狼（おおかみ）さん……狼さんじゃないですか。何ですかこれ。どうすればいいんですか?」

「………」

現れたのは狼の着ぐるみに身を包んだ謎の人物。

無駄に肩幅があるので身長以上に大きく見えてしまう。

「うぅ……く、来るな……来るなって言ってるだろ!」

怯（おび）えた様子の天姉が虚勢を張って吠（ほ）えるが、狼は一歩、また一歩と近づく。

「でかい……やっぱりでかいぞこいつ…………う、うう……うわぁぁぁぁぁぁあああっ!!」

あ、逃げちゃったよ天姉……。

今では昔と違って小柄だから、大きな相手が苦手なのかもしれないな。

そして一人取り残された田所先輩。彼女も逃げるかと思いきや――

「なんか近くで見ると意外に怖くないですね。狼さん、どこから来たんですか?」

「………」

無言で見下ろす狼。そんな田所先輩の台詞に周囲が再び表情を綻ばせている。

「教えてください。せっかく出会えたんですからお友達になりましょうっ」

彼女は微笑んで手を差し伸べる。その時、狼が頭の被り物をふいに脱ぎ去った。

「……もう限界」

中の人が額の汗を拭う。クールな表情の彼女は桜色ツインテールの副会長で。

「ひぃいいいいいいいいっ⁉」

狼は怖くないようだけど、田所先輩はやっぱり副会長だけは苦手なようだ。

大げさに万歳して驚いた彼女は、一目散に逃げてステージ裏へと消えてしまう。

「…………じゃあ、私もこれで」

副会長も役割を終えたと思ったのか、被り物を脇に抱えたまま退場した。

「なかなか面白い三人組でしたね！　東雲さんご感想は⁉」

「小動物が強者に怯えている様は、見ているだけでとっても心が痛くなりました」

ウソつけ絶対楽しんでたよね⁉

とまあ、僕の知り合いが出たのもここまでで。あとは知らない人たちの出演が続いた。

僕は監視に集中し、全体を見回しながら朱夜さんのことも逐一確認する。

開演前にだいぶ詰めてもらったとはいえ、観客と観客の間は結構空いている。

なので、朱夜さんが移動する度に手に持つ火バサミとゴミ袋が確認できていた。

……あれ？

それより愛沢も出場するはずだよね。なのにまだ出てないな。

そう思っていた時、水着のポケットの中のスマホが振動する。

僕はこっそり液晶を確認すると、そこには『愛沢愛羽(あいざわまなは)』の文字が表示されていた。

僕が監視中と分かって電話してくるってことは、何か大事な用に違いない。

「――九重(ここのえ)さん、ごめん。今回の件で大事な電話みたいだから少し持ち場を離れるね」

「分かったわ。何かあったら知らせて。その間、朱夜(あけよ)のことは任せてちょうだい」

僕は盛り上がりを見せる観客の前を移動し、脇に出てようやく電話に出る。

「どうしたの愛沢？」

『あ、育野(いくの)ごめんね、お仕事中に……。ちょっと今から、ステージ裏まで来れる？』

僕はもちろんと返答し、急いで裏手へと向かった。

「――それで愛沢、用事って何かな……？」

水着の上から九重屋のTシャツを着た愛沢は、何だかとてもえっちで目のやり場に困る。

愛沢も自覚があるのか、僕の視線から守るようにシャツの裾を伸ばしつつ。

「実はね、あたし伊吹(いぶき)に言われて一番最後に出演するんだけど、ちょっと水着がえっちだから緊張しちゃって……。それで…………それでね」

東雲(しののめ)のやつ、愛沢にえっちな水着を着せたんだな。

まさかとは思うけど、天姉(てんねえ)たちに着せたマイクロビキニとかじゃないよね……？

「育野、午前中に伊吹に………ハグ、してたじゃん？」

「えっ!?　あぁえっとあれは………そ、それがどうかした？」

何か言われるのかと不安になる中、愛沢は落ち着かない様子でそわそわし、

「良かったらなんだけど、あたしにも同じこと……っ……してくんない？」

仄(ほの)かに頬を染めた愛沢の言葉を受け、僕は動揺を隠せない。

「同じことって……ななな、何で⁉　だって愛沢、そういうこと苦手だよねっ」

「……ほら、海には恋人っぽいことしにきてるんだから、少しはえっちなこともしないとダメじゃない。それに、育野にぎゅってしてもらえれば…………あたし、少しは落ち着くかもしれないし」

何でそれで落ち着くんだ？　でもハグして今は落ち着いたとしても、愛沢がそんな水着を着てステージに出れば泣いてしまうに違いない。

「愛沢、無理しなくていいって。東雲には僕が説明しておくから、前の水着で出た方がいいよ」

「ダメ……だって育野、あたしの財布取り戻すためにも頑張ってくれてるんでしょ？　だからあたしも、恥ずかしいの我慢して自分のやるべきことちゃんと頑張りたい。でも、すごく緊張しちゃってるから、育野に……」

何とも愛沢らしい意見に僕の頬は緩んでいた。僕は腹を決める。

「そっか。愛沢がそこまで言うなら分かったよ。……じゃあ、ハグでいいんだっけ？」

「う、うん……お願い」

いざ愛沢をハグする段階になると心臓が早鐘を打ち始める。

僕はそれでも何とか平静を装い、ゆっくりと両手を伸ばす。けれど——

「ごめん。やっぱ育野、手握るだけにしてもらえる？　付き合ってもないのにこんなの、ダメな気がしてきたから……」

愛沢は純粋な女の子。そう思ってしまうのは当然だった。

僕は笑顔で頷くと、彼女の手を両手で包み込む。いつしか胸の鼓動は収まっていた。

「——どう愛沢。こんなので良かったかな……？」

顔を覗き込むと、さっきは固かった表情がどこか幸せそうに和らいでいて。

「ありがとう育野。なんか、ちょっとリラックスしたかも……」

愛沢はそう呟くと、最後に目を逸らしつつ遠慮がちに、僕の手を握り返してきた。

やがて僕は愛沢と別れ、元の位置へと戻って監視を続けていた。

そしていよいよ、最後の出演者——愛沢の出番が回ってくる。

「さあて！　ここまで数多くの美人さんを紹介してきましたが、遂に次の方で最後となります！　我が校でも屈指の人気を誇る美少女・愛沢愛羽さんの登場です——どうぞ!!」

僕は監視に集中するため、愛沢を緊張させないため、後ろを見ないようにしていた。

けれど愛沢が登場した効果なのか、会場中の視線がステージ上の一点へと集中して静まり返ったかと思うと、誰の口からも「天使だ」と言う声が零れ落ちる。僕は半ば反射的に振り返ってしまい、彼等と全く同じ台詞を漏らしていた。

「愛沢愛羽です。よ、よろしくお願いします……!!」

下ろされた金髪は潮風になびき、強気な表情を美しく彩っている。

彼女が着ている水着は普通の白ビキニだった。でも愛沢からすればえっちな部類に入るのだろう。ふくよかな谷間がくっきり見え、眩しい太腿やVラインまで露わになっている。まるで美術館の彫刻のようで、女性までもが見惚れていた。

「では愛沢さん！　アピールをお願いします！」

「え、あ……はい！　グラビアアイドルがよくやるポーズやります！」

多分、東雲からの指示でそうするように言われてるに違いない。

けどそこで問題が起きる。愛沢はこの段階になって、何とか抑えていた緊張が込み上げてきたようだった。おかげで表情が次第に強張り、視線が観客の中を泳ぎ始める。

ま、まずい……男性客を意識して、余計に緊張しちゃってる。

しかも愛沢は動く様子を見せない。完全に上がってしまっているようだ。

どうにかしてリラックスさせてあげないと……。

僕がそう思い始めた時——

「愛沢さん。だから私は昨日の水着で出なさいと言ったでしょ」

「あ、伊吹っ」

黒ビキニ姿の東雲が、いつの間にか愛沢の隣へと移動していた。

東雲は愛沢の緊張をほぐすように優しく微笑む。

「本当、あなたって頑張り屋さんね。仕方がないからその勇気に免じて、私が特別に手伝ってあげるわ――――始めるわよ」

「えっ、あ……うん‼」

愛沢、親友の登場で少し緊張が和らいだみたいだ。どことなく表情に余裕がある。

アピール時間は一分もないので、早々に二人は同じポーズを取る。

それがどんなものかというと、両腕を頭の後ろに回して胸やお腹を強調するというものだ。愛沢は細い上に胸もあるのでグラビアアイドル顔負けに様になっているし、東雲は天性の美貌と完成されたくびれを見せつけ観客を黙らせている。

……さすが東雲だ。友人のプロポーションのとれた体型をどのように見せれば一番効果的かちゃんと理解してる。

インパクトを残せる大取りに愛沢を持ってきたってことは、もしかして東雲、日頃勉強にバイトと頑張っている愛沢に温泉旅行券をプレゼントしたいのかもな。

二人はいくつか色っぽいポーズを取った後、アピールタイムを終える。

「この二人マジでやばい……」「ああ、今日の中で一番良かった」「天使だよマジで……」

魂を抜かれたような人が多数見受けられるな。まあ仕方のないことだけど。

だって二人は美少女に対して口うるさい僕が認めた美少女の中の美少女。

天使を見たように魅了されてしまって当然だ。

「はい、ありがとうございました！　最後は特別審査員の東雲さんまで参加されるというサプライズまでありましたが、これで全ての出演者が出揃ったことになります！　この後はいったん時間をおきまして、皆さんに一番の美人さんを投票で決めてもらいます！　出演者の皆さん、最後に愛想振り撒いちゃってください!!」

ゲートから再び出演者たちが登場し、観客に手を振りだす。

その瞬間、美人軍団を前にして興奮した観客たちが、ステージ前まで雪崩れ込んできた。

「俺、君に入れるから！」「お、オレは絶対君だ！」「ぼくはあなたに絶対入れるんで！」

「うわっ!?　ちょ、ちょっと皆さん、押さないでくださいっ!!」

「こ、こら！　あんたたち下がりなさい！　って、どこ触ってんのよーっ!!」

ダメだ。美人たちを目の前にして我を忘れてる……！

僕も九重さんも必死に制止するけど、構わずもみくちゃにされる。

僕が凄まじい力で人ごみの中へと引っ張り込まれたのはそんな時だった。

「おいお前、ちょっと一緒に来いっ」

低い声。雑音と人が入り乱れるせいで顔も性別も確認できない僕は、その謎の人物に引っ張られ、何人もの人とぶつかりながら群衆の外へと誘われた。

僕は誰もいないステージ裏で壁際に追い込まれていた。

すぐ目の前で凄んでいるのは、なんと朱夜さんだ。

「――全部吐け」

「は、吐けって……えっと、何のことですか？」

ドンッ――顔のすぐ横の壁が殴られる。

当たったら骨が陥没しそうなんですけど……。

「とぼけるな。私がゴミ拾いしてるのを、朝からお前らは監視してるだろ」

「それは……」

眉間に皺を寄せて鋭い眼光で睨まれる。

もはや言い逃れができるような状況じゃなかった。僕は固唾を飲んで頷く。

「紫月も関わってるな。お前ら、私の何を探ってる？」

女性にしてはかなり背が高い上に美人なので、凄まれるとかなり迫力がある。

「……それを僕から聞いて、どうするつもりですか？」

「さあな。とにかくこれ以上私の邪魔をされちゃ困る。だからお前に理由を聞いたら、とりあえずここで沈めておく」

ボコボコにされるのか――いや、でも今はびびってる場合じゃない。

「邪魔って、ビーチでスリを行う人を監視することが、そんなに悪いことなんですか⁉」

殴られると思った。しかし朱夜さんは驚いたように大きく目を見開いて固まる。

「お前……もしかして、私が噂のスリ犯だと疑ってるのか？」

「……はい。妹さんから怪しいという話を聞きましたから」

「てことは、紫月が私を疑ってるってことか…………そっ、かぁ」

力なく俯いた朱夜さんは、乾いた笑みさえ浮かべられずにいた。彼女は今にも倒れそうな足取りで僕の横の壁にもたれかかると、そのまますべるずると座りこんでしまう。

九重さんに疑われてると知って、まさかここまで落ち込んじゃうなんて……。

だから僕はこう訊ねずにはいられない。

「あ、あの……もしかして朱夜さん、本当はスリ犯じゃなかったりして？」

「……当たり前だろ。私はその逆だ」

「え、逆って……？」

「私は、スリ犯を捕まえようとしてる側って意味だよ」

朱夜さんの立場が反転するような情報を聞いて、僕は頭がこんがらがってしまう。

「ど、どういう意味ですかそれっ？　朱夜さんは、ゴミ拾いしながらすっごく怪しい行動を取ってますよね？　急にそんなこと言われても信じられるわけが——」

「だから、怪しく見えるのは犯人を捜してるからだって……。ゴミ拾いしてるのは、犯人の目を欺いて油断させるためだ」

どっと疲れた様子で呟く朱夜さん。僕は彼女のビーチでの行動を思い返す。

「そう言われてみれば、ゴミ拾いしながらきょろきょろしてたのは、誰かを捜してたようにも見えるな…………いや、でも……仮にそうだとしても何で犯人捜しを？」

額に手を当てて俯いてた彼女は、元気のない顔を持ち上げる。

「私はちょっと前、万引きの疑いで捕まったんだ……でもそのせいで、妹からの信用を無くしちまった。紫月は昔から私を正義の味方と言って尊敬してくれてたのにな…………っ」

唇を噛み締めて拳を握りしめる様は、見ていてとても痛々しかった。

でもそれより、僕は彼女の言葉が気になってしまう。

「え……万引きの疑いってことは、実際にはやってなかったってことですか？」

「ああ。周囲では私がやったことになってるが実際は違う。

あれは……ちょっと色々あって、コンビニに寄ってぼーっとしてた時だ。店員のおっさんにお前が最近うちでよく万引きしてるやつだなって言いがかりつけられてな。私はもちろん違うと言おうと思った。けど、ここで認めれば、色んなものから逃げられるかもって思ったんだ。それで…………頷いちまったんだよ」

「そんな……」

予想外な事実を知った僕は、なんて言葉をかけていいか分からない。

「でも、おかげで大事な妹を裏切ることになっちまった。だから、少しでも紫月（しづき）が尊敬してた頃の自分に戻れるように、スリ犯を捕まえようって思ったんだよ」

「それで犯人が出没し始めた頃からあんなことを……。え、じゃあ……自販機荒らしも朱夜（あけよ）さんじゃないってことですか？」

「自販機荒らし？　お前、その件でも私を疑って………ハッ！」

朱夜さんが俊敏に僕を見上げた。

「まさか、その件でも紫月が、私のことを疑ってるのか？」

これ以上ダメージを与えたくはなかったけど、僕は自然と頷（うなず）いてしまっていた。

その結果。

「…………………」

ずーんという重たい空気を漂わせながら、朱夜さんが頭を抱えて俯（うつむ）いてしまう。

ははは……どうしよう。何もかける言葉が見つからない……。

「え、えっと、九重（ここのえ）さんも完全に疑ってたわけじゃなくて。ほ、ほら！　最近朱夜さん、深夜の外出が多いんですよね？　それで少し疑わしいって思ってたみたいです！」

「あれは、深夜にバイトをやってるからだ。紫月が家でバイトしてお金をもらってる状況で、私も家で働いてお金をもらうわけにはいかないだろ。だからこっそり、深夜に働いてるんだよ」

じゃあ、自販機の件も朱夜さんは関係ないってことか。疑ってもしょうがない状況だったとはいえ、何か悪いことしちゃったな。

「すみません。朱夜さんのこと勘違いしてたみたいで」

「別にお前は悪くないだろ。元はと言えば、紫月の信用を失うような真似をした私が悪いんだ。だから謝ったりするな」

「……あの、一つ聞きたいんですけど。何でやってもない万引きを認めたんですか？」

昨日今日会ったような僕には話してくれないに決まってる、そう思っていた。

でも朱夜さんは誰かに聞いてもらいたかったのか、理由を話してくれる。

「言ったろ、色んなものから逃げたかったたって。私は一年の時は成績も良くて、親や教師に期待されてた。けど二年に上がって授業が理解できなくなって、中間テストで下から数えた方が早い成績を残しちまったんだ。あの時期は本当に苦しかった……。

でも、だからって万引きを認めるべきじゃなかった……」

自分を責めるしかない歯痒さ故か、朱夜さんは悔しそうに歯噛みする。

心がいっぱいいっぱいになって、逃げたくなって万引き犯に成り下がったのか。

「理由は分かりました。でも朱夜さん、疑ってる九重さんを恨まないであげてください。彼女も信じてたお姉さんが万引きしたと知って、かなりショックだったようですから」

「恨まれてるのは私の方だ。私が万引きを認めた余波で、あいつはネットに悪口を書かれ始めたんだからな。ああしてるが紫月は結構繊細で傷つきやすい。だから私と同じ頃から不登校になって、毎晩そういう書きこみをチェックしては隣の部屋で泣いてるんだ……」

大切な妹を自分のせいで苦しめてしまっている。

朱夜さんはそれが何より許せないようで、切れ長の瞳が微かに充血していた。

「九重さん、やっぱり自分の悪口を書かれて傷ついてるんですね……」

もう分かってたことだ。

時折見せる子供のように無垢な表情。それに、スケッチブックに描き込まれていた情緒豊かで丹念な描写の風景画。あんな表情ができて、あれだけ綺麗な絵を描ける彼女が、繊細じゃないわけがない。

朱夜さんがふいに立ち上がり、赤褐色のポニーテールが揺れる。

「今の私が紫月にやってやれることは、自分が昔と変わってないことを証明して、謝罪することとくらいだ。だから何としてもスリ犯は私が捕まえる」

それだけ言って彼女は去ろうとするが、ふいに立ち止まって。

「――それよりお前、紫月とはどういう関係なんだ？」

「どういう関係って……まあ、スリ犯を捕まえるように依頼されてるだけですけど」

「じゃあ別に、紫月の腕っ節が強いところを利用しようって輩じゃないんだな」

「もちろん……。って、何でそんなこと聞くんですか？」

朱夜さんはしばらく黙った後、続けて背を向けて語る。

「あいつ、喧嘩強いだろ。だから中学の時、よく不良っぽい男たちに利用されてたんだ。ふてぶてしくて女友達がいなかった紫月は、近場で喧嘩がある度に男共に頭を下げられて渋々加勢してた。まあ、それだけなら良かったんだけどな。よく男たちに連れていかれるから、そのうちビッチだのなんだのと呼ばれるようになって、あいつも苦労してた。だから高校からはそういうやつらと縁切ってやり直すって張りきってたんだが……私のせいでそれも台無しってわけさ」

振り返って自嘲的に笑う朱夜さんに掛ける言葉が見つからない。

でもなるほど。九重さんのビッチ疑惑は今聞いた話が出所に違いない。

じゃあただの誤解で彼女はやっぱり色欲ビッチじゃなくて——って、待てよ。

「実のお姉さんにこんなこと聞くのは気が引けるんですけど……その、九重さんって……すごくえっちなとこ……ありません？」

「あるよ」

即答だった。

しかも朱夜さんは、面白いものを見つけたような表情で僕へと向き直る。

「そんな質問するってことは、お前、紫月が外で本性を見せた初めての相手か」

「本性って。じゃあもしかして、九重さんってやっぱり……ビッチなんですか？」

「バカ、違うっての。あいつは確かにえろい。けど別に色んな男と見境なくセックスするド淫乱ってわけじゃない。なんつぅか、純粋故にえろいっていうか――」

なんだ、どういう意味だそれ……？

「小学生の頃まで話は遡るんだが。紫月は私とよく一緒に洋画を観てたんだ。その影響で映画の中で白人がすることは全部カッコいいって思っちまってて。それでほら、洋画って必ずえろいシーンが入るだろ。だから紫月のやつ、そういうことにも憧れが強いみたいでさ。何度も私に『好きな人ができたらああいうことする』って言ってたんだよ」

それでえっちなことに興味津々で僕を誘ってくるってわけか。

「へぇなんか可愛いですね。好きな人ができたらって…………え？」

僕が笑顔を歪める先には、にやっと笑う朱夜さんがいて。

「お前さ、紫月にえろい誘い受けたんだろ？」

「…………………」

めちゃくちゃ受けていた。

じゃあ待てよ。九重さんは要するに僕のことを――

「あ、ありえない！　ないない、絶対ないですってばそんな可能性！」

「ふーん。ま、お前がそう思うんならいいけど。でも私は一応伝えたからな。その上でもし紫月を泣かせることがあれば――殺す、いいな？」

目と鼻の先で凄まれ、僕は勢いで頷く。

「じゃ、私は犯人捜しがあるからもう行く」

クールな朱夜さんはポニーを揺らして去り、異様に顔が熱い僕だけが残された。

「落ち着け。あるわけないだろ、そんなこと」

直後、僕は両頬を叩いて浮ついた心を正していた。

九重さんみたいに可愛い子が僕のようなオタクを好きになるわけがない。

でも確かにえっちな誘いは受けてる。朱夜さんによると、彼女がああいう本性を外で見せるのは僕が初めてらしい。てことはやっぱり九重さんは色欲ビッチじゃないってことだ。そしてさっきの話を聞くに、彼女は僕のことが好きで肌を重ねたいと思っているわけで。

そう考えるだけで、心臓が早鐘を打ち始める。

――って本当に落ち着け。

僕が好きなのは愛沢と東雲だろ。

もし本当に九重さんが僕のことを好きなら、男としては当然嬉しい。でも今の僕は愛沢か東雲かを選ばないといけない段階にいる。他の女の子に目移りしている暇はない。

「と、とりあえずそろそろ戻らないと……」

会場の方では秋好さんのアナウンスが再び始まっており、どうやら観客たちに書いてもらった投票用紙を回収しているようだ。

「今は犯人の捜索が第一だ。集中だ集中っ」

僕は頬を叩いて歩き始め——すぐに脚を止めていた。

あれ？　でももう朱夜さんは犯人じゃないんだよね。

今までは彼女の近くに共犯者がいると思って監視してたけど、その指針が無くなった今、何を標にして捜せばいいんだ？

百人を優に超える大多数の客の中、犯人はまだ一度も尻尾を見せていない。

そんな慎重なやつをどうやって捜せばいいんだよ。

あと少しすればコンテストが終わり、観客たちが散って犯人を捕まえる最後のチャンスが失われる。それは、愛沢の財布がもう戻らないことを意味している。

要するに彼女が一生懸命働いた時間が無駄になるってことだ。

「まずい。何としても時間内に見つけないと！」

でも、その方法が分からない。焦る僕は無い頭を捻って考える。

けれど一時経っても、犯人を見つけ出す良い方法が出てくることはなかった。

「くそ！　好きな女の子との約束も守れないのかよ僕は……！」

絶対に取り戻すって約束したんだ。

なのにこのまま終わったら、僕は愛沢に何て声を掛ければいい？

僕が謝れば、彼女はきっと泣きそうな顔で無理に笑い、許してくれるに決まってる。

そんな顔、愛沢に絶対させたくない。

でも、今の僕に何ができるっていうんだよ……。

僕はこの作戦を行う上で部長としての判断を誤った。だって、街中に出没してた自販機荒らしとビーチのスリ犯が同一人物なんて、そんな都合の良いことあるわけが——

…………………………。

…………………………。

「…………待てよ。そんな都合の良いことが起こってたとしたら？」

シャルテ曰く、警察の巡回強化で自販機荒らしが出なくなったのが三週間前。

そして、九重さん曰くビーチでスリが行われ始めたのが三週間前だったはず。

狩場を奪われた狼ってのは、新たな狩場を求めるんじゃないか？

そう考えた場合、この奇妙な共通点はヒントになりはしないだろうか——

僕は急いでスマホを取り出し、ある人物へと電話する。

彼女は今日もワンコールで出てくれた。

『兄さん。ヤーガもまだ帰ってきません……』

冗談を言ってくるかと思った。けどシャルテは二日目の段階で既に寂しさマックスのようで、静かな鈴の音のような声には元気がなかった。

「シャルテごめんね。今日は終わったらすぐ帰るから。我慢できる？」

『……はい。兄さんはウソつきじゃないですから、信じます』

本当は今すぐ帰って来て欲しいに違いない。

僕はなるべく早く帰宅するためにも早速本題へと入る。

「昨晩僕と電話した時、警察署から自販機荒らしの似顔絵が届いてたって言ってたよね？」

『はい。犯人の顔を目撃していた方の証言を元に、作られたものらしいです』

「でかしたシャルテ……!!　その画像、今から送ってくれる!?」

『兄さんがそう言うなら、今すぐに――』

十秒もしないうちに、シャルテが通話状態のままラインで写真を送ってくれる。

僕はすぐさま写真をダウンロードして拡大した。

「!?」

フードを被った状態でサングラスをかけた人物には見覚えがあった。

「さっきぶつかった兄ちゃんだ。同じ位置に鼻ピアスしてるし間違いない……」

観客の中に入って行ってたから、きっとあの中で犯行に及んでるんだ。

「あ、ありがとうシャルテ！　マジで愛してる……!!」

『…………………兄さん、では今夜はベッドを温めて待ってます』

少し戸惑いのある恥ずかしげな声を聞いた後。

僕は電話を切ると、ステージの表側へと向かって走り出していた。

「集計終わりました！ それでは、五位から順に発表していきたいと思います!!」

恐らく入賞者の発表が終われば観客は早くも帰り始め、人の流動で捜索は不可能になる。

そう考えると、もうあまり時間が残されていない。

「あ、耕介！ あんたどこ行ってたのよ!?」

僕が戻らないことを心配してか、九重さんがステージ横に姿を現す。

「ごめん、ちょっと色々あって！ そ、それより九重さん、鼻ピアスしてサングラスをかけたフード男、捜すの手伝ってくれる!?」

僕は必死な顔だったに違いない。

九重さんは僕を訝るように見つめた後、眉をひそめながら、

「もしかして、あんた共犯者の目星がついたのね」

事情を知らない彼女はそう言うが、説明してる暇はないので頷く。

「九重さん、とにかく時間がないんだ。だからとりあえず――」

焦燥に駆られる僕は、九重さんの股の間に頭を突っ込むと肩車の状態で立ち上がった。

「ひゃあああん!? ちょ、ちょっと耕介、何よ急に……!?」

「本当ごめん。でも人を探すならこうした方がいいと思って」

「………そ、そう。まあ、いいわ。非常時だから、仕方ないわよね……」

僕の頭に摑まる彼女は、声が何となく恥ずかしげで体をもじもじさせている。

僕は早速、ステージの右端から九重さんに観客全体を見渡してもらう。

しかし——

「全然ダメ……！　サングラスつけてる男、たくさん目について見つけらんないわ！」

僕も重さに堪えつつ観客を眺める。

最後のチャンスと分かってるからだろう。護衛班の人たちがほとんど客の中に入って怪しい人物を捜しているため、サングラス男が相当目についてしまう。

くそ、これじゃ犯人との区別がつかない……！

「おめでとうございます！　では続いて、またまたダブル受賞、三位の発表です——」

手間取っている間にも、刻々とリミットが迫る。でも諦めるのはまだ早い。

観客はステージ上の美人たちを生で見るため、サングラスを付けていた人も外している。

つまり護衛班の人たちにサングラスを外してもらえればきっと。

僕は九重さんを器用に支えながら、インカムのスイッチをオンにした。

「皆さん、サングラスを外してください！　急いでっっ!!」

僕の真に迫る声は、すぐさま彼等を動かしていた。

九重さんが気合いを入れたせいか、僕の首が両側から湿った太腿で圧迫される。

「では！　いよいよ二位と一位の発表を同時に行います！　数多くの美女が出揃う中、今大会を制したのは誰なのか⁉　皆さん注目のグランプリに輝いたのは～～～」

気持ちを焦らす効果音が流れ、観客と出演者たちの緊張がマックスになる。

頼む、頼む頼む！　お願いだから間に合ってくれ！

僕は愛沢の笑顔を守るためにも必死に祈る。生きた心地がしなかった。

そして――

「いた‼」

「え、どこ⁉　って、九重さん……⁉　そ、そんなに暴れられたら――――ぶっ⁉」

彼女が暴れるので、僕はバランスを崩して砂浜に顔面から突っ込む。

体を起こした時には、既に九重さんは走り出していて、

「泥棒おおおおおおおおおおおおおおおおおっ‼」

目標めがけて大声で叫びながら観客の中へと突っ込んでいく。おかげで注目を浴びるが、護衛班の人たちは彼女を頼りにして騒ぎがする方へと人をかき分ける。

これでもう大丈夫だ――僕はそう思った。けれど甘かった。

喧噪がどんどん広がるので監視位置について確認すると、護衛班の人がサングラスをかけた人と揉めていたり、騒ぎでショーが中断していることに怒った客たちと摑み合いになっており、犯人確保どころではなかった。

ま、まずくないかこれ。この混乱に乗じて犯人に逃げられでもしたら……。

そんな時、人だかりから抜け出す男がいた。

フードを被り、サングラスをした鼻ピアス男は、膨らんだリュックを担いでおり――

次の瞬間、男は慌てたように走り出してすぐにトップスピードへと乗った。

「あ、待て……!!」

少し反応が遅れた僕は、既に三十メートルほど離されていながらも走り出す。

筋肉が限界を超えた上での全力ダッシュ。

それが犯人を焦らせたようで、やがて前方で派手に転倒させていた。

投げだされたリュックが財布を吐き出し、犯人が焦った様子で回収して再び走り出そうとするが、僕はビーチフラッグスの勢いで飛び込み、犯人と折り重なって倒れる。

僕は何よりも大切な物が入るリュックを、しっかりと抱きしめていた。

犯人は呻きつつ起き上がると、僕を睨みつけ――

「こら離せっ！　離せって言ってんだろうが!!　このっ、てめぇこらッ……!!」

犯人が僕の顔を何度も足の裏で蹴り、それでもダメだと分かると殴り始める。

しかし僕は離さない。赤い液体が鼻孔から滴るが、それでも離さない。

「ちっ……くそがぁぁあぁッ‼」

自棄になった犯人は青筋を浮かべると、何度も何度も拳を振り下ろす。

視界が揺れ、意識が混濁し、口内に鉄の味が広がる。けれどやっぱり離さない。

ここで僕が折れてしまえば、愛沢の日頃の努力が泡になってしまうんだ。

それに愛沢には、初デートの時に申し訳ないことをいっぱいした。そのお詫びのためにも、僕は何があってもこれを離しちゃダメなんだ……！

気づけば暴力の雨は止み、見え辛い視界に息を乱して笑う犯人の顔があった。

チャキッ――ポケットから何か取り出されたので見る。それはナイフだった。

……はは。そういやシャルテが言ってたっけ。

同じ学校の生徒が犯人らしき人物と遭遇した際、刃物を手に追いかけられたって。

シャルテに忠告されてたのに、バカだな僕。

「ほら、さっさとよ…………離しやがれッ！」

僕に向かってナイフが振り下ろされる。だが僕はもう単純な神経信号しか受信しておらず、リュックを抱きしめることしかできない。僕は本能的に悟っていた。

……ごめん、シャルテ………もう家、帰れそうにないや。

「耕介ぇぇえええええええええええっ！」

その時、後ろから逞しい女の子の声が聞こえた。

「待て紫月！　あの男、ナイフ持ってるぞ！」

「うっさいわね朱夜！　だから何よ、耕介をあんなにしたやつ許せるわけないでしょ！」

九重さんと朱夜さんが並んでこっちへと突っ走ってくる。その遥か後方には、九鬼丸さんを先頭にして続く護衛班の人たち。犯人はそれを見て手を震えさせる。

「な、何だあいつら……く、来るな…………来るんじゃねぇぇっ！」

「ごちゃごちゃうっさいわね！　朱夜、一緒に行くわよ！」

「お前は本当に無茶苦茶だな。まあいい。一撃で決めるぞ！」

息のあった二人が頷き合う。目の前まで迫ると、九重さんが先にジャンプする。時がスローで流れ、呆気に取られて動けない犯人の顔に蹴りを繰り出す。

朱夜さんも飛ぼうとする――が、手前で躓いていた。

彼女の頭が僕目掛けて迫り、こう思った。

そういや朱夜さんって、すっごくドジな人だったよね――と。

瞬間、僕の頭に衝撃が奔り、現実から意識がドロップアウトした。

6 愛という形は一つではない。

「っ…………うう…………」

顔面に痺れと酷い痛みを感じ、僕は目を覚ましていた。

波の音が聞こえる。差し込む日差しは強く、立ち込める熱気のせいで汗をかいている。

どうやらここは九重屋の座敷のようだ。畳の良い香りが鼻孔をついていた。

「あ、育野っ！」

気づけば視界に愛沢の顔があった。

彼女は次第に大きな瞳に涙を滲ませた後、

「よ、良かったぁ！　すっごく、すっごく心配したんだからぁ！　う、ぅうっ……」

愛沢は僕の上半身を抱きしめると、嗚咽を上げて泣きじゃくり始めてしまう。

続けざまに、視界の中へ天姉の顔がひょこっと現れた。彼女も涙目だ。

「こーすけ……お前……う、んぅう……心配、させるんじゃないぞっ！」

僕の頭を抱き抱え、天姉が頬っぺをすりすりと擦り寄せてくる。

「あ、あれ……？　僕、もしかして気絶しちゃってたの？」

「そうだぞ……お前、犯人にたくさん殴られた後、九重朱夜と接触して伸びてたんだ。無茶、するんじゃないぞぉ」

頭痛が酷くて鮮明には思い出せないけど、そう言えばそんなことあったっけ。

「あのあの、大丈夫ですか……？」「耕介くん、大丈夫ぅ？」「起きたのね……」

田所先輩、亀乃先輩、倉島先輩、それに副会長と天美先輩までもが僕の顔を覗き込んでくる。よく見ると全員が元の水着姿に戻っていた。

「はは……もう大丈夫ですから。すみません、心配かけちゃって」

言いながら起き上がると天姉は離れてくれるが、愛沢は僕を抱きしめたままだ。

「うっ……うぅ……ぐすっ」

「愛沢？　何でそんなに泣いて――――ハッ！」

僕はそこで重要なことを思い出す。

「も、もしかして！　あの後、犯人が逃げて財布を取り戻せなかったとか⁉」

間抜けな顔をしてたんだろうか？

天姉が涙を拭うと笑顔を零し、

「こーすけ、慌て過ぎだぞ。財布の件なら大丈夫だ。お前が頑張ったおかげで、無事犯人は捕まったんだぞ。九重紫月の蹴りが決まって、最後は変な男たちが頑張ってた」

「九鬼丸さんたちか。九重さんに怪我は？」

「大丈夫だ。こーすけ以外に怪我人はいないぞ」

「そっか……。それなら良かった」

犯人はナイフを持っていたからな。

僕はほっと息をつく。

けれど、愛沢が涙をぽろぽろ零しながら、眉を吊りあげて怒った様子で僕を見上げ、

「良くない！」

「え、愛沢……？」

愛沢は僕からようやく離れると正座して、引き続き泣きながら僕を睨む。

「良くないよ！　だ、だって育野……うっ、んぅぅ……いっぱい怪我、してるじゃん!!」

本当に怒っているようで、涙を拭おうとさえせずに大きな瞳で睨んでくる。

「あ、えっと……愛沢、僕は別に大丈夫だから。それに、あそこで無茶しなかったら、愛沢の財布は一生戻ってこなかったと思うし」

僕は愛沢の気持ちを宥めるように優しく言う。

でもなぜか愛沢はさらにぶわっと涙を溢れさせ、悲しげな泣き顔になってしまう。

彼女は両手で涙を拭い始めると、嗚咽混じりの聞き取りにくい声で、

「いいよ、それでもッ……。だ、だって、ひ、ぅぅ……お金はまた、稼げばいいじゃん。でも、育野がもし死んじゃってたら、もう二度と………んんっ……も、戻ってこらいんだよ……。あたし、育野が死んじゃうなんて……絶対……、ぜったい……ひぅ……っ……

んんぅ…………いや、だよぉ……」

　両手を除け、泣き腫らして潤んだ瞳で僕を見つめてくる。

　その瞳は本当に大切な人を想う故に苦しげなもので、じんと胸が熱くなる。

　愛沢って僕のこと、心の底から大事に想ってくれてるんだな。この目を見てれば分かる。けどそこに潜むのは男女間特有の感情って言うよりは、家族に向けるような深い愛情に近いものな気がする。それでも十分嬉しいけどね。

　僕は痛みで上手く笑えないながらも微笑むと、愛沢の頭を撫でてあげる。

「愛沢、心配してくれてありがとう。今度からは無理しないよう気をつけるから」

「ぐすっ……んっ、ンぅう………っ」

　愛沢は言葉の代わりに、こくんと頷いてくれた。

　周囲が笑顔になる中、入り口から水着姿の東雲が入って来て僕の目の前に立つ。

「育野くんを探しに来たのだけれど、どこかしら？」

「ガーゼと絆創膏だらけで分かりにくいかもだけど、東雲の目の前にいるからね？」

「あら、本当だわ。あまりに人相が変わっていて分からなかったわ」

　東雲が楽しげに笑う。

　しかし僕はその微笑に違和感を覚える。

「それより、犯人逮捕に協力してくれた育野くんと、被害者の愛沢さんに警察が話を聞きたいようだから、一緒に外に来てくれるかしら？」

泣きやみつつある愛沢が頷き、僕たちは外へと向かった。

日はだいぶ傾いていながらも未だ日差しは強く、海水浴客もまだまだ大勢ビーチにいる。

少し離れた場所には何人かの警察がおり、その傍にはお縄についた犯人がぐったりして座りこんでいる。今警察は、額に包帯を巻いた朱夜さんに事情聴取中のようだ。

するとその脇に控えていた九重さんが僕の存在に気づいて駆けて来る。

「はぁ、はぁ……耕介！　あんた、ようやく起きたのね。大丈夫なわけ……？」

肩で息をする彼女は、すごく心配そうに顔を寄せて来る。

うっ……九重さんが近い時っていつも変な誘いをかけてくる時だから緊張するな。

「うん、もう大丈夫だよ。それより朱夜さんだけど……警察に疑われてるの？」

朱夜さんがスリ犯の共犯者じゃないと知るのは多分まだ僕だけだ。

けれど――

「育野くん、もう事情は朱夜さんの口から聞いてるわ」

「育野、あたしも聞いたわ。朱夜さん、本当は犯人を捕まえようとしてたのよね？」

「皆、もう知ってるのか。じゃあ九重さんも……」

「……」

お姉さんを疑っていた後ろめたさからか、彼女は暗い表情で俯く。

「理由、全部聞いたわ……。万引きして、あたしの信用失ったからあんなことしてたんでしょ？」

この様子だと、朱夜さんは万引きが事実じゃないことは伝えてないようだな。

僕は潔い彼女に感心しつつ、真剣に問う。

「それで九重さん……朱夜さんが万引きしたこと、許してあげたの？」

二人は万引きの件以来、険悪な仲になっていた。でも今回のことで、朱夜さんが万引きのことを反省した上で頑張ってたことが分かったはずだ。なのでそう訊ねるのだが。

「……さあ？　警察に語ってるのをあたしたちは聴いただけだしー」

九重さんはぷいっとそっぽを向くと、落ち着かない様子で髪先を弄る。

なんか、頬っぺが微妙に赤いのは気のせいかな？

充血した目の愛沢が、くすりと笑って僕の耳元で囁く。

「育野、多分大丈夫だから。朱夜さんが無実って分かった時、結構嬉しそうだったし」

そこで妖しく笑う東雲が澄ました様子で、

「九重さん。朱夜さんは今いないのだから、正直な気持ちを聞かせてくれないかしら？」

「ふん、何よ急に。別に正直な気持ちも何もないでしょー」

だが言葉にしないと煮え切らない想いがあるのか。

彼女は居心地悪そうに視線を彷徨わせた後、頬を桃色に染めてツンと告げる。

「あ、朱夜が万引きした時、成績が落ちて苦しんでたなんて知らなかったのよ。だから一方的に見損なって嫌っちゃったけど、朱夜は小さい時からあたしに何かあると助けてくれるヒーローだったし、もし辛いの知ってたら普通に協力してあげたに決まってんでしょ」

「つまり、お姉さんを許すということでいいのかしら？」

東雲が訊ねると、さらに頬を濃く染めて、

「だ、だから、そうだって言ってんでしょ！　何度も同じこと言わせないでちょうだい」

その言葉を聞き、東雲は薄く微笑んで髪をかきあげた。

「朱夜さん、許してくれるそうですよ。良かったですね」

「ああ、紫月を素直にさせてくれて恩に着る」

「んなッ……!?」

九重さんがバッと振り返り、朱夜さんの存在を確認してカァ～ッと耳まで赤くした。

僕たちは彼女が聴取を終えて戻って来たことを知っていたので苦笑する。

「あ、ああ……朱夜！　あんたいつの間に……!?」

「……紫月、私のせいでお前に迷惑をかけた。本当にすまなかっ――」

ずさーっ。

歩み寄ろうとして、朱夜さんは顔からずっこけていた。

……本当にこの人って、ドジだよね。

彼女は何事もなかったように起き上がると、顔についた砂をクールに払う。そして取り繕うと、非常に真剣な顔つきで頭を下げた。

「私が弱かったせいで、紫月を傷つけた。だから本当にすまなかっ――」

ぎゅううう――――――ッ!!

真っ赤な九重さんは、チョークスリーパーで朱夜さんの首を絞めていた。

「朱夜、あんたねぇ！　な、何勝手に盗み聞きしてんのよ――ッ!!」

「ぐあ……ま、待て紫月！　私は怪我人だぞ。いつもの調子で接されても……かはぁ!!」

「こ、九重さん、とりあえず落ち着いてっ！」

恥ずかしさのあまり実姉を落としかねない勢いだったので僕は止める。

「はぁ、っはぁ………ハァッ」

――よっぽど本音を聞かれたのが照れ臭かったのか。なんか可愛いな。

息を乱す九重さんを見て僕が微笑む中、朱夜さんは呼吸を整えて再び頭を下げる。

「紫月、本当に悪かった……この通りだっ」

朱夜さんが万引きを認めたことで、九重さんまで陰口を叩かれるようになった。

それはネットにまで伝播し、繊細な九重さんは余計に傷つき毎晩泣いてたらしい。

朱夜さんはそのことを知っている。

なので彼女の謝罪には並々ならぬものが感じられた。

僕等の視線が九重さんへと自然に集まる。

彼女は厳しい目つきで朱夜さんを見下ろすと、腰に両手を当て告げる。

「朱夜！　あんたが万引きしたのは許されないことよっ！」

本当は万引きなんてしていない。だが朱夜さんは弁解しなかった。

「だからそれはしっかり反省しなさい！　何より自分のために。あと、勉強がプレッシャーだったんならもっと勉強しなさいよね。言い訳にはならないわ！」

うわぁ……妹なのにしっかりしてるというか、けっこう手厳しい。

シャルテは僕にアマアマだから、九重さんのような妹を見ると面食らっちゃうな。

そしてさらに厳しい言葉が浴びせられると予想される中。

「……でも、弱かったのはあんただけじゃない。それはあたしも一緒よ。ちょっと悪口書き込まれただけで、落ち込んで学校を休んじゃったんだから」

庇うような言葉に朱夜さんが目を見開く。

「紫月、お前……」

「っ……ぅう」

チラチラ朱夜さんを見つめ、シャツの裾を握りしめる九重さん。

彼女はじわっと頬を染めた後、恥ずかしそうにぽつりと呟く。

「だ、だからぁ……朱夜のこと、許すって言ってんの………わ、わかったぁ？」

皆の前で素直になるのは死ぬほど恥ずかしいようで、九重さんは泣きそうな子供のように弱々しく言葉を紡いだ。いつもと違う様子に愛沢が「可愛い」と漏らす。

「紫月ぃ……ありがとう。本当にバカな姉で、悪い……っ」

「あっ」

クールな朱夜さんの表情が歪んで涙が目に浮かぶ。その様を九重さんはじっと見つめ、

ぎゅうううううう――――――ッ!!

再度チョークスリーパーをかましていた。

「な、なに泣いてんのよ朱夜っ。ちょっとやめてっ」

「うっ、ぐぁ……し、仕方ないだろ。妹と仲直りできて、嬉しいんだぁ……」

「朱夜……あんた……………っ……うぅっ」

九重さんの顔が悲しみで歪み、月のように綺麗な瞳に涙が浮かぶ。

そして、白い頬を濡らすと同時に朱夜さんの首がさらに締まった。

「あ、あんたがそんなこと言うせいで……あたしまで、ひぅ……止まらないじゃないの。っ…………んんぅ…………お姉ちゃんの、ばかぁ」

朱夜さんがそうであるように、九重さんもお姉ちゃんが大好きに違いない。

仲直りできて嬉しいようで、彼女は鼻をずるずる言わせながらさらに腕に力を込める。

「良かった、二人ともちゃんと仲直りできてっ♪」

「がっ……あぁ……紫月、く、首……締まって……」

「そうね、愛沢さん。こういうのは、見ていて気持ちがいいわ」

「うん、僕もだよ。ひとまず今回の件、これで一件落着ってところかな」

「お、お前ら……いいから早く……し、紫月をぉ……！」

しかし、そうじゃないことに愛沢が気づく。

「あ、でも……学校で広がった九重さんの悪い噂（うわさ）が消えるわけじゃないわよね？」

九重さんはその言葉を聞き、朱夜さんを解放して暗い表情を浮かべていた。

「ごほっごほっ…………はぁ……はぁ…………わ、私は自分のしたことだ。だから悪評には堪えてみせる。でも紫月は完全に犠牲者だ。何とかできるならしてやりたい……」

「もちろん僕もそう思います。でも悪い噂を消す方法なんてあるのかな……？」

「率直に言うと難しいでしょうね。ネットにも広がっているようだし」

「で、でも伊吹（いぶき）！　ほら、人の噂も七十五日って言うじゃない？」

「愛沢さん、それは長くは続かないという比喩に過ぎないわ。残念だけれど、実際には高校三年間は噂が消えない可能性もある」

「え、そんな……」

前向きな愛沢も悲嘆し、暗い面持ちで俯（うつむ）いてしまう。そんな時。

「わははははッ！　話は聞かせてもらったわよ諸君っ!!」

「秋好さん⁉　いつの間に僕等の後ろに……」

水着姿でカメラを首から下げる彼女は、にやつきながら眼鏡をくいっと上げる。

「今の話を伺うに、要するに二人の評価をバババ～ッと上げちゃえばハッピーエンドってことじゃない？」

僕はその発言を聞いて考える。

「確かに、悪い噂が払拭されるくらい評価が上がれば、九重さんも気にせず登校できるようになるかも。でも秋好さん、そんな方法があるって言うの？」

「あるわよ～。どこにかって言うと、ここにねっ」

秋好さんがカメラのレンズをとんとんと叩いてウインクする。

「え……その中に、あたしの悪い噂を打ち消すものが入ってるってわけ？」

「興味深いな。どういうことだ？」

「なにそれ⁉　ねえ秋好さん、どういうこと⁉」

耳よりな情報を聞いて三人が食い付く中、僕は隣の東雲に訊ねる。

「ねえ東雲、どういうことか分かる？」

「まあ大方予想はついてるわ。それより――」

彼女が先程も感じた違和感のある微笑を浮かべ、僕の手を取る。

「家畜、ご褒美をあげるからちょっと来なさい」

「え……ご褒美って、警察の人の事情聴取はいいの……？」

しかし彼女は構わず僕の手を引き、九重屋の裏へと連れていく。

ご褒美か。作戦を活かして犯人逮捕に繋げられたからだろうな。

僕は好きな女の子にどんなご褒美がもらえるのか期待してしまう。そして——

——パチンッ。

「……え？」

僕は九重屋の裏で東雲の平手をくらっていた。

でも全然痛くない。

恐らく負傷した僕のことを気遣って、かなり力を加減してくれたんだろう。

東雲は理不尽な暴力は振るわない。けど、何で叩かれたのか分からない。

よく見ると、俯く東雲は僕を叩いた手を握りしめ、全身を小刻みに震えさせている。

「え、えっと……東雲——」

「育野耕介、なぜ私に叩かれたのか……分かるかしら？」

怒気を抑えるような低い声。僕は緊張を覚えつつ頭を振る。

「……あなた、その顔は何？　なぜそこまで無茶をしたの？」

「それは……大掛かりな作戦を無駄にはできないと思って。東雲も分かるよね？」

「ええ。けれど、こんなにボロボロになっていいとは言ってないわ。あなたは近い将来、私のものになる大事なペットよ。なのにナイフを持っている相手とこんなになるまで戦った――」

唇を嚙み締める東雲が、さらに拳を握りしめる。

「育野くん、あなたのどんな強者にも立ち向かうところ、私はとっても好きよ。でも、時と場合を考えないところは大嫌いっ。……あ、あなた……下手をすれば死んでたのかもしれないのよ。分かってる？　今、こうして私と話せていなかったかもしれないのよっ？」

あの東雲が、感情を乱して声を震わせている。

意外だけど、最悪の状況を考えると怖いのかもしれない。

「あなたは、本当の私を見つけてくれた初めての存在。だからとっても大事な人なの。なのに、そんなあなたに死なれたら、私っ…………」

東雲は両親を幼い頃に亡くしているという。

だからだろうか。人の死というものに敏感なのかもしれない。

今だって体の震えがどんどん酷くなっているし、少し心配になってしまう。すると。

「ばかっ」

ぎゅっと、露出の多い水着姿で抱きしめられていた。

東雲の細い体は女の子特有の柔らかさと人肌の温もりを伝えてくる。

「もう、二度と……こんな危ないことはしないと……誓いなさいっ」

「東雲、もしかして泣いてるの？」

「……黙って。主人が誓いなさいと、言ってるのよ」

このままだと声を上げて泣き出すんじゃないかと思った。だから。

「誓うよ、もう無茶はしないって。こ、これでいい？」

僕の胸に顔を埋(うず)める東雲から返事はない。

その代わり、いっそう強く抱きしめられる。

そして、やがて彼女は抱擁を緩めると、ゆっくり僕の顔を見上げる。

「でも、本当に……良かったぁ…………あなたが、生きててくれて」

少女のように無垢(むく)な笑顔。けれど東雲は泣いていた。でもそれを隠そうとしない。

東雲財閥の跡取りは強くあらねばいけないはず。しかし今はそんなことよりも僕が無事だったことが何より嬉(うれ)しいようで、涙を流しながら首元に抱きついてくる。

「本当に無事で……良かったぁ」

「あ、えっと……東雲？」

何だろう？

好きな子に抱きつかれて心の表面が焼き切れるような感じだったのに、今は胸の奥がぐんぐん熱くなってる。さっきまでと違って落ち着かない感じじゃなくて、安らぎを覚えるようなとても心地良い感覚だ。

「それと。よく、頑張ったわね……偉いわ」

涙で濡(ぬ)れた頬を傷だらけの頬に擦りつけられる。

労(ねぎら)いの念がこもった優しい声は僕の心を癒すと共に不思議な感情をもたらす。

東雲(しののめ)って悪いことすれば本気で叱るけど、良いことすれば心の底から褒めてくれるな。

僕のこと大切に想ってるからこそ、そういう態度を取れるに違いない。

愛沢(あいざわ)も大概良い子だけど、東雲も本当に良い子だよな。

「東雲、心配かけて本当に悪かったよ。だからさ、もう泣かないで」

僕は愛沢にしたのと同じように、彼女の頭も優しく撫(な)でてあげる。

こうして、僕の濃厚で長い長い海水浴は終わりを迎えたのだった。

「っはぁ…………ハァ…………っ…………！」

少し寄り道した帰り、僕は駅からダッシュして家の玄関前で息をついていた。

あの後、警察に色々聞かれたけどすぐに解放され、皆が僕の活躍を労うためどこかで食事をしようと言ってくれた。でも僕はそれを断り、すぐに家路についたのだ。

ちなみにコンテストの優勝は愛沢と東雲ペアで、温泉旅行券は愛沢に渡されていた。

この扉を開ければ恐らくシャルテが待ってる。僕は夕陽を背に息を整えてノブを回す。

「た、ただいま……シャルテ」

「あ、兄さん。お帰りなさ――」

無表情の中にも喜びを灯らせるシャルテ。

けれど一瞬でその表情は崩れ去り、言葉を失った彼女はわずかに目を見開く。

「あれ、どうかした？　って、それより玄関でスク水って……シャルテ、よっぽど僕と一緒に海に行きたかったんだね」

僕は靴を脱いで家に上がると、シャルテの頭から爪先までを眺める。

紺色のスク水の胸元には綺麗（きれい）な字で『シャルテ』と書かれており、少し胸元がきつそうな彼女は海への想いが募るせいか可愛らしい浮き輪まで装着している。

少しでも海に行った気分に浸りたかったのかも。スク水なのは他に水着を持ってないからだろうな。それに、寂しかったに違いない。脇には食卓の椅子に置いてある両親代わりの赤と青の大きなクマのぬいぐるみが並べてあった。

「……兄さん、その顔」

「え？　ああこれ……別に大した怪我じゃないから、シャルテは気にしな――」

「っ」

シャルテはすとんと浮き輪を床に落とすと、無言で僕に抱きついていた。

無粋だと分かっているのか何も聞こうとはしない。

はは、なんかシャルテらしいな。

「何でこんな怪我したか聞かないんだね？」

「はい。兄さんのことは何となくわかりますから。……それに。兄さんが理由もなしに、例の似顔絵について聞くわけがありません」

「そっか。全部お見通しってわけだね」

シャルテはこくんと頷く。

「だから、今は少しでも私に、兄さんのことを癒させてください…………んっ」

包み込むような優しい抱擁。スク水の繊維越しに柔らかい温もりが伝わってくる。

これがゲーム世界だったら、僕は今頃ＨＰとＭＰが完全回復してるに違いない。

妹の抱擁はそれほど安堵感と幸福感を上昇させるもので、とても心地良い。

なんか、愛沢や東雲に抱きつかれた時と同じような感覚だな。

そんなことを思う中、僕はふと気づいたことがあった。

「あれ、でも何でシャルテ、昨晩の電話で僕に似顔絵の話をしてくれたの？」

今回、シャルテが似顔絵の件を教えてくれていたから犯人逮捕まで至ったようなものだ。でも昨夜の段階で、自販機荒らしとスリ犯は同一人物と分かっていたわけではないので、海にいる僕にそんな話をする必要性はなかったはず……。

「ちょっと待っててください」

シャルテはそれだけ言うと、トトトと駆けて台所へ向かい、やがて戻ってくる。

「兄さん、これを見てください」

「これ、犯人の似顔絵じゃないか……えっと、なになに――あ」

似顔絵の下の欄のいくつかある注意書きに、『最近では姪浜(めいのはま)ビーチで似た人物の目撃情報あり』と書かれてあった。

「なるほど。だから一応僕に教えてくれたんだね」

「はい。離れていても、兄さんのためになることは何でもしておきたかったので」

シャルテの僕への献身的な気遣いが、今回の事件解決に繋(つな)がった感じか。

そう思うと僕は、妹のことをますます家族として愛おしく感じてしまう。なので。

「シャルテのおかげで今回は本当に助かったよ。だから、これはそのお礼ではないんだけど、受け取ってくれると嬉(うれ)しいかな」

「?」

シャルテは首を傾げつつもそれを受け取る。そして数分後のリビング――。

「――兄さん、どうですか？」

「うわっ、やっぱりすごく似合ってるよシャルテ！　可愛いじゃないかっ」

スタンドミラーの前に立つシャルテは、まるで天使だった。

僕は帰り道、以前愛沢たちと行った水着ショップへと寄り、シャルテのために水着を購入していたのだ。白を基調としたビキニは装飾も華やかで妹の美貌を際立たせている。

「……ありがとうございます、兄さん。嬉しいです」

シャルテ、本当に嬉しそうだな。

鏡に映る妹はもちろん無表情だ。でも長年一緒にいる僕は、彼女がすごく嬉しそうなのが手に取るように分かる。もしシャルテが犬なら尻尾を全力で振っているはずだ。

「兄さん、ちょっと来てください」

「え、シャルテどうしたの？」

僕は小柄なシャルテに手を引かれ、壁際に誘われる。シャルテは何を思ったのか急に壁に両手をつくと、前傾姿勢になって僕に向かってお尻を突き出してきた。

「兄さん、何だか体が熱くなってきました……いっぱい、可愛がってください」

と、小ぶりなお尻を左右にふりふり振ってみせる。

夕陽に照らされる白いお尻は光を反射し、艶々した輝きを放っていてとても卑猥だ。

「可愛がってって……な、何のことかなシャルテ？」

「分かりませんか？　じゃあ、これならどうです？」

妹はお尻の方へ手を伸ばすと、ビキニを両側から細めて局所の存在をアピールする。

「う、うわあああっ⁉　ちょっと何やってるんだよシャルテ⁉」

「兄さんは鈍いところがありますから。でもいいんです。兄さんのそういうところも私は好きですから。さあ、可愛い妹をバックでたくさん苛めてください」

「い、苛めるわけないだろ！　いいからほら、早く隠してそこ……！」

僕は両手で顔を覆って急かすけど、シャルテは言うことを聞かない。

僕が水着をプレゼントしたから、嬉し過ぎて気持ちを抑えきれないんだきっと。

「言い方が悪かったでしょうか？　兄さん、バックでぱんぱんしてください」

「同じことだからねそれ！　いいから早くほら、元に戻して──」

僕は顔を逸らしつつ水着を元の状態に戻してあげる。

「兄さんは恥ずかしがり屋さんですね」

「シャルテに羞恥心が無さ過ぎるんだ！」

「…………。でも、本当に嬉しかったです。ありがとうございます、兄さん」

シャルテはぽつりと呟くと、寂しさの埋め合わせを要求するように抱きつこうとする。

けれど、途中でやめていた。

「あれ？　いつものやつ、しなくていいの？」

「…………あの大人っぽい黒髪の人なら、寂しかったからと言ってこんなことしない気がします」

シャルテ、やっぱり東雲に対抗意識を燃やしちゃってるみたいだな。

僕がお姉さん好きだから、必死にその理想像に近づこうとしてるんだ。

だから僕は、何だか辛そうに我慢する妹をぎゅっとしてあげていた。

「あっ、兄さん……」

「ごめんシャルテ。妹にこうしないと、僕の方がダメみたいなんだ」

けどシャルテは、これが思いやりだと分かっているようだ。

「兄さん……本当にいつでも、私を女にしてくれていいですから」

安心しきった様子で全身の力を抜き、背中に腕を回してくる。

えっと……余計にお兄ちゃんっ子にさせちゃったかな？

こうした蓄積が、いずれシャルテを危ない方向に向かわせないといいけど。

ま、シャルテに限ってそんなことあるわけないか。

僕は色々大変だった事件の終わりに、毎回の如く妹から癒しを受け取るのだった。

エピローグ

一学期の終業式が呆気なく終わり、全ての課程を終えた放課後。

僕たち文芸部員は部室に集い、僕を中心にしてソファに座っていた。

「へぇ、これが秋好さんが考えた九重姉妹の評価向上作戦か」

僕が開いているのは彼女が今朝配っていたらしい学内新聞第一号だ。

秋好さんはあの性格なので勢いでたくさん配り、新聞はすぐに無くなっていた。

おかげで放課後に彼女から見本をもらうまで、僕たちは新聞に目を通せていなかった。

早速、新聞を見た愛沢が顔を輝かす。

「見て見て！　象徴的な場面が写真でたくさん撮ってある！　どれも綺麗に撮れてるし、秋好さんってすごく上手よねっ」

新聞の一面にはいくつか写真が掲載されている。

その中には朱夜さんがゴミ拾いに精を出す場面や、九重さんが犯人を連行する場面——恐らく僕が気絶している際の——もあり、評価向上に多いに役立ちそうだ。

「そうね。中でも一面の見出しが良いと思うわ。犯人逮捕に二人が協力したことが一目で分かるように大きなテロップを使っているし、警察と犯人をバックにして撮った二人の写真も、すごく分かりやすいものだから周囲にも早く情報が伝わるでしょうね」

　愛沢と東雲の意見を聞きつつ、僕は先を読み進める。

「『二年生の九重朱夜さんは、自身が犯した罪を償うためビーチで清掃を行っていた。そんな中、ビーチでスリを行う犯罪者の存在を知る。改心した彼女は犯人の捕獲を決意するが、一人では捕まえきれないことを悟り、妹の紫月さんに協力を仰いでいた。普段はぶすっとしていて不良と恐れられる紫月さんだが実は正義感が強い。姉の要請を彼女は聞き入れ、二人で張った末にようやく犯人逮捕を成し遂げたのだ。人は見かけによらない』」

　僕は見出しの記事の大筋を読み終え、心が洗われるようだった。

「普通に良い感じにまとめてあるじゃないか。これなら、二人のイメージもぐんと上がること間違いなしだよ！」

「うん、あたしもそう思う！　秋好さん、中傷記事が嫌いって言ってただけあって、こういう方向性の記事書くの上手いわよね！」

「脚色も見られるけれど、概ね事実に基づいて上手い具合に書かれているわね。それと、ここの欄にも面白いことが書かれているようだけれど」

　東雲が指さした場所には、朱夜さんが集めたペットボトルのフタがリサイクル利用され、世界中の子供たちにワクチンとして行き渡る旨が書かれていた。

「これ、秋好さんが提案したのよね。なんか、朱夜さんが集めたゴミをせっかくだから何かプラスに使えないかってことで、このエコキャップ運動ってのを提案してたの」

「へぇ、秋好さんが提案したのか。こんな運動があること知らなかったよ」

「機転の利かせ方が上手いわ。いずれにせよ、九重姉妹にとって良いように作用するんじゃないかしら。これなら、悪い噂も早く浄化できそうね」

東雲の言葉を聞いた愛沢が「じゃあ」と言って怖々とスマホを取り出す。

「学校裏サイトの掲示板、確認してみる？　ギャル友と話題になる時もあるから、一応知ってるのよね。結構な頻度で更新されてるから、多分話題になってると思うわ」

僕と東雲は顔を見合わせ、神妙に頷いていた。

「……えっと、このサイトなんだけど。はい育野」

中央に座る僕は、愛沢の無駄に装飾が施されたスマホを受け取っていた。

大丈夫とは思うけど、悪いように言われたりしてないよね……？

九重さんも頻繁にチェックしてると思うし、頼むぞ。

僕は祈るような思いで、今日の朝八時頃からの書き込みに順に目を通していく。

『学内新聞とかいうの見た？』『九重姉妹のやつっしょ？』『見た見た。あれ驚いたよね』

早速話題になっていた。

僕は冷や汗をかきつつ画面をスクロールさせる。

『あれ本当らしいな』『うん。昨日姪浜いった友達が九重妹が犯人に蹴り入れる場面みたらしいし』『へぇ。じゃあ本当に不良っぽいだけで実は良い子かもなんだ』『バカ、なわけないだろ。どうせこれ書いたやつ、脅されて書いたに違いないぞ』

否定的な意見が目に入り、心が不安で満たされていく。けれど。

『ううん、そんなことないよ。だって私、九重さんが昨日、犯人捕まえてるとこ見たし』『じゃあ、本当は良い人かもしれないのね』『……今まで噂のせいで距離置いてたけど、もし噂がデマで本当は良い子なら悪いことしたな』『そうだな……悪いように言っちゃってたし』『今度、話しかけてみようかな』『そうね。私も話してみたいかも！』

残りの書き込みにも目を通す。

だが悪意のある書き込みは一つもなく、九重さんへの好意的なコメントがずらりと並んでいた。

「ねえ伊吹(いぶき)！　これって新聞のおかげで悪いイメージが払拭されたってことじゃない⁉」

「ええ、そう受け取れるわね。斜に構えた人もいるけれど、大抵の人間はこれで九重さんへの態度を改めるんじゃないかしら？」

「じゃあ、九重さんの悪い噂がなくなることに期待していい感じか」

少し明るい未来が見えた気がして、僕たちは笑顔を零す。

「確定ではないけれど、期待はしても良さそうね。夏休み明けが楽しみだわ」

それだけの日数があれば自浄作用で悪い噂も無くなっているかもしれない。

まだ分からないけど、東雲の言う通り期待して良さそうだ。

安心したからだろうか。僕たちはそれぞれ学期最後の部活へと取り組み始める。

と言っても、生徒会の仕事がない東雲は読書。愛沢はファッション雑誌を眺めたりスマホを弄ったりといった活動だ。

そしてもちろん僕は、

「よぉしっ、今回も色々あったからできてなかったけど、久々にギャルゲーやるぞ」

鞄から携帯ゲーム機を取り出し、意気揚々と電源を入れていた。

画面にはタイトルの『二人に恋しよっ』の文字。迷わず『続きから』を選ぶ。

そして。

「「どっちかちゃんと選んで!!」」

開始早々から僕は、重たい台詞を前に固まってしまう。

そ、そう言えば、前回はここで終わってたんだった……。

画面の中には誰かにそっくりな金髪ギャルと、誰かにそっくりな黒髪ロングのヒロインがおり、怒りながらも真剣な表情でこちらを見つめている。

表示されている選択肢は三つ。

『金髪ギャルの子を選ぶ』『黒髪ロングの子を選ぶ』『どちらも選ばない』というもの。

けど最後のを選ぶと恐らく、バッドエンドでゲーム終了な気がする。だから、物語を続けたいならどちらかを選ばないといけない。

……ただのゲームって分かってるけど、二人にそっくりなだけに迷うな。それに僕は今、愛沢と東雲を同時に好きになっているので、この不純な状態から脱するためにも、どちらか一人を選ぼうと考えている最中だ。おかげで余計に悩む。

ここでどっちを選ぶかで、現実世界のルートも確定しそうな気がする。

「…………」

うーん、迷うなマジで。

だって今回のことで再認識したけど、どっちも本当に良い子なんだ。

正直言ってしまえば決められない。けど今の状態のままは良くない。

ゲームも進められない上に、現実でも悶々（もんもん）とした日々を過ごさないといけなくなる。

そんなのは嫌だ。だからちゃんと決めようと思うんだけど、やっぱり決められない。

僕があることに気づいたのは、その時だった。

あれ？　そう言えばおかしい。

前までは僕、部室で二人を前にするだけでドキドキしてたのに今はそれが全くない。

いつからだこれ？　徐々に慣れてはいってたけど、海水浴の時も何だかんだで緊張はあった。けど今はそれが全くなくなっている。

…………あ、僕が怪我をした後、二人に抱きしめられてからじゃないか？

確かあれ以降、変に緊張しなくなった気がする。

二人はすごく僕のことを心配してくれたんだよな。まるで本当の家族のように。

だからかな、シャルテに近い感覚を覚えた気がしたのは。

そういやシャルテが家に初めて来た時も、僕は最初ドキドキしていたっけ。だってすごく可愛かったんだ。でも一緒にいる時間が増えて大事な存在だと実感した時、ドキドキしたりすることも無くなった。

てことは、僕は二人のことをすごく大切な人と認識したってことなのか？

まあでもそれは間違ってない。

二人はあんなに良い子で、美少女はビッチばかりじゃないと僕に教えてくれたんだ。

それに、僕の大切な空間を守るために協力してくれてる大事な存在でもある。

今こうして部室でゲームをしていられるのも二人のおかげなんだ。

ならやっぱり、そんな二人のうちどちらかなんて選べるわけないじゃないか。

僕は決断していた。

迷わず、最後の選択肢を選ぶ。

その瞬間、ゲーム画面が暗転した。

やっぱりバッドエンドか……。

そう思うと同時にスマホが振動する。

九重（ここのえ）さんからラインでメッセージが届いていた。

何だろう？

僕は疑問に思いながらメッセージを確認する。

『耕介（こうすけ）、まだ分からないけど学校行けそうかも。今回はマジであんがとねっ♡』

恐らく書き込みを見て元気が出たに違いない。

良かった。ちゃんと力になれたようで。

てか、ハートマークが意味深に鼓動してるのが気になるんですけど……。

これ、どういう意味のハートなのかな？

そこで続けて彼女から画像が届く。

「うわっ……こ、これ………！」

海をバックに自撮りされた画像を見て、僕は赤面すると共に喉を鳴らす。

ノーブラなのか、タンクトップを胸元まで捲（まく）しあげてるせいで下乳がどちらも露わになっており、えっちな微笑を浮かべてウインクしている。

僕の脳内で「耕介、えっちしよ？」という台詞が再生される。

ゲーム画面に変化があったので見ると『序章終了』と表示されていた。

そして再び九重(ここのえ)さんからメッセージ。

『耕介(こうすけ)、あたし文芸部に幽霊部員で入ることにしたから。よろしくー♡』

再度ゲーム画面に変化。

そこに書いてあったのは、『新ルート解放　&　新章突入』という文字。

ギャルゲーとは忙しないもので。

新章に突入するかしないかという選択肢が早くも出ていた。

はぁ……人生とは選択の連続だな。

僕は嬉(うれ)しいような悲しいような溜息(ためいき)を漏らし、迷わずそちらをクリックした。

あとがき

赤福大和（あかふくやまと）です。僕ビッチ三巻、お手に取ってくださりありがとうございます。

あと今回は少し間が空いてしまい、申し訳ありませんでした。

本巻は水着回です。ヒロインの体にオイル塗りを行うけしからんイベントがあったり、波に水着がさらわれたり、なぜか東雲（しののめ）のナース姿を見れたり——と、イチャイチャ要素強めでお届けしております。二巻が微妙にシリアス多めだったので、その分こちらでヒロインたちの魅力を堪能していただければ幸いです。とはいえ、今回も萌え要素だけではなく、何やら怪しい事件が町で起きている感じで、シリアスな面は入れてあります。甘ったるいだけではないので、その点もお楽しみいただけましたら嬉しい限りです。それとただでえっちさせてくれる（？）——ビッチかもしれない不良少女、紫月（しづき）が新キャラとして登場した回でした。息をしているだけでえろい、そんな感じを目指して書いております。えっちな彼女ですが、どうぞ温かく見守っていただければと思います。

ところで皆さんは、女の子と海水浴に行ったことはあるでしょうか？

ちなみに私はありません。高校時代、部活の後輩たちと夏だから海に行きたいですねという話になり、一緒に行ったくらいです。

砂浜に降り立つ、部活で鍛え上げられた鋼のような筋肉を持つ屈強な男たち。あれはあれで良い思い出です。しかし海は結構苦手なので、それ以来行っておりません。

あと海ではないですが、最近外で裸に近い人を見た経験があります。まあ外といっても自分の家の玄関前でなんですが。ちなみに赤の他人です。最初に説明しておくと私の家は街灯もない山の中にあるのですが、夜八時に玄関のチャイムが鳴るので私が出まして扉を開けました。すると当然のようにいるではありませんか。

――ブリーフ一丁の小学生男児二人が。

もちろん何が起こったか分からず混乱した私は、アニメでよくあるようにそのままピシャリと扉を閉めて――なんてことできるわけもなく、「どどどうしたの君たち⁉」と聞きました。すると、悪いことをしたらしくて親に車に乗せられてここまで来て服を脱がされて捨てられたというではありませんか。震えていたのでとりあえず毛布を貸したのですが、その後、無事に親御さんが引き取りに来ました。その間、二人と色々話していたのですが、彼等は最後までどんな悪いことをしたのか語りませんでした。二人は何をしたのか今でも気になって夜も眠れません云々という実話でした。事実は小説より奇なりですね。

担当さま、今回もお世話になりました。次巻はもっと早くお渡ししたいです。

朝倉(あさくら)先生、予定より遅れてしまい申し訳ありませんでした。水着のヒロインたちすごくえろ可愛くて今回も見入ってしまいました。次回もよろしくお願いします。

四巻はシャルテ回です。ブラコンな妹がお兄ちゃん離れ⁉　という内容。お楽しみに！

赤福大和

赤福大和
[illustration]
朝倉はやて

「僕の文芸部にビッチがいるなんてありえない。」

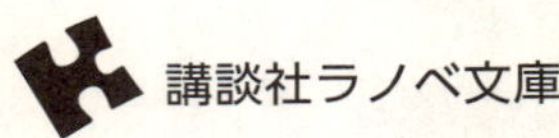

僕の文芸部にビッチがいるなんてありえない。3

赤福大和

2015年2月27日第1刷発行

発行者	清水保雅
発行所	株式会社　講談社 〒112-8001 東京都文京区音羽2-12-21
電話	出版部　(03)5395-3715 販売部　(03)5395-3608 業務部　(03)5395-3603
デザイン	AFTERGLOW
本文データ制作	講談社デジタル製作部
印刷所	豊国印刷株式会社
製本所	株式会社フォーネット社

ISBN978-4-06-381447-7　N.D.C.913　263p　15㎝
定価はカバーに表示してあります